Best wishes,

Tricia Gerrish

A Pound for Next Year's Seeds

West Country Tales of Granfer Willum

Tricia Gerrish

With fond memories of my Grandad Parker
who was also a twin.

Thanks are due to Mike Allen,
the radio "voice" of Granfer Willum.

First Published in Great Britain in 1994

Orchard Publications
2 Orchard Close, Chudleigh, Newton Abbot, Devon TQ13 0LR.
Telephone: (01626) 852714

British Library Cataloguing in Publication Data
CIP Catalogue Record for this book is available
from the British Library

ISBN 1 898964 08 4

Designed, Typeset and Printed for Orchard Publications by
Swift Print
2 High Street
Dawlish
Devon EX7 9HP

CONTENTS

A POUND FOR NEXT YEAR'S SEEDS

"Ar, you'll do, me beauties." Granfer Willum addressed the row of carrots he'd just pulled, caressing their orange perfection. "Should show them others at the Garden Show a clean pair of heels again."

Granfer eased himself off arthritic knees. He collected an assortment of vegetables – all prize specimens, he hoped – and carried them to an old bike, propped against the shed.

On the back step of his ancient and trusty steed: cost 10/6 from railway lost property many moons ago, Granfer had constructed a wooden carrying box. Green feathery fronds and solid onion stalks mingled, overflowing the sides. Granfer balanced a carrier bag, brimming with other produce, on the handlebars. He mounted the bike with care, and pedalled home at a measured pace through the gathering dusk.

Granfer Willum knew he'd have two or three hours work, scrubbing and matching, cleaning and polishing, before seeing his bed that night. It was worth it though to see their faces when his name was called, time after time, among the award winners. Not to mention all those £3 prizes.

It was a mystery to his fellow allotment holders how Granfer had managed, for the past four years, to win the cup for vegetables. His crops didn't look particularly good to them – and they had inspected his allotment often enough.

Fred Pearce was quite open about it; he suspected cheating on Granfer's part. After all, it was well known nobody trusted the old man to care for their patch when they went away. Willum was inclined to make a bit of cash by selling the best produce to the local greengrocer. When the unfortunate allotment holder returned, Granfer would look him straight in the eye and explain he'd had to "give the stuff away, to stop it going mouldy."

Two years ago, Fred had been so determined to catch Granfer Willum out, he'd actually marked a few of his own vegetables while they were still in the ground.

"We'll see where they turn up," he had said to Charlie and Ernie, who nodded sagely.

That particular Garden Show had been quite an event. Granfer Willum duly won the cup for vegetables. Fred's minute inspection of Granfer's entries revealed nothing amiss. This was hardly surprising; they were still in his own allotment!"

Willum had watched Fred's antics and chuckled to himself.

"Someone'll have to get up earlier than that to catch me," he observed to his wife. It had been the work of a few minutes to move markers placed near the 'doctored' vegetables by the suspicious Fred to other plants.

Last year's attempt to thwart Granfer had been even more inept. Fred and Ernie had called at the house while he was out. He'd seen them, lurking in a side alley, as he pedalled by to visit an old school friend on the other side of town.

Apparently they had come for a special knitting pattern from Willum's wife, urgently needed by Ernie's missus. His wife had offered cups of tea, which gave them the excuse to be 'taken short' at the same moment. Using Granfer's old outdoor lavatory gave Fred an opportunity to inspect Granfer's little patch of ground at the back, surrounded by high walls to deter sightseers.

Fred had reported to Ernie, as they wandered home, that all Granfer grew there were chrysanths, and a few spindly tomato plants.

This year, as he raked, weeded and earthed up, Granfer Willum was aware of several pairs of eyes scrutinising every movement. He carried on as usual, knowing he did his best work when they were in front of their TV sets.

At two o'clock on Saturday afternoon the doors of Victoria Hall opened, admitting an eager throng of gardeners, intent on their own successes. Unfavourable comparisons would come later.

"I don't believe it!" Fred Pearce's ringing tones told Granfer Willum all he needed to know, as he entered the hall. "The old so and so's done it again. I could have sworn we'd kept tabs on him this time."

Granfer preened himself as congratulations: sincere and false, rained on him from all quarters. He mentally totted up his prize money. Enough for next year's seeds, *and* for a little bet on the dogs next Saturday. Granfer Willum dearly loved a flutter. He stepped forward to receive the cup, wizened features grinning from ear to ear. Fred turned away, exasperated.

"Next year, eh Fred?" said Granfer, just to rub it in.

On Monday morning, the door on Granfer's allotment shed remained firmly shut, although his old bike was missing from its usual spot in the back yard. Granfer himself was inspecting another allotment, on the far side of town. This patch looked strangely empty; holes and piles of earth showed where mature crops had rested.

"Did you have a good time at your daughter's?" Granfer asked his old school pal.

"Well you know how it is," he replied. "The wife will insist on these three weeks every year. I'd sooner stay here, with my little patch of veg. It's very kind of you to look after it for me. Wasn't too much for you I hope."

"Not a bit – my pleasure mate," said Granfer Willum. "Hour or two every evening that's all. Only sorry most of it came good while you were away." He dug in his trouser pocket. "I did get rid of some of it for you," he continued.

Granfer looked his pal straight in the eye, as he handed him a small coin, proceeds of the sale of some of his own inferior vegetables.

"Here you are mate, have this – it's a pound for next year's seeds."

TWO SHOT WIN

The Bowls Club was never quite the same after Granfer Willum enrolled his twin brother as a member.

Daniel, or 'Danull', as his brother called him, was a widower. Long ago, his wife had developed a taste for refinement and removed him to Budleigh Salterton, away from his twin's coarsening influence. Like a homing pigeon, Danull had now returned to the town, causing confusion among its residents.

The twins were identical: from the tips of snowy white curls to their feet, set firmly apart at ten to two, toes turned skyward. They even sounded alike.

"Saw Willum in Woolworths," Fred Pearce remarked to his neighbour. "Says it's going to rain tonight for sure – his seaweed's damp again. Think I'll plant them shallots after me dinner."

"He must be a darn quick mover then Fred," replied the neighbour: "for I've just seen him in the Post Office, down t'other end. You'll be alright for your rain anyroad. He didn't mention seaweed, but his corns are playing him up something cruel." Word soon got around: Willum's double was back.

Everyone had their pet theory about telling the twins apart. Bowls club members soon discovered the secret. Danull had a slight stutter, or 'putter', as Willum called it. It only became noticeable when he was excited or upset. Unfortunately, allowing Willum and Danull to play on the same rink inevitably caused Danull to become both.

Granfer Willum, conscious he was senior twin by ten minutes, saw fit to advise his brother on how to improve his game. As club members could testify, Willum didn't know right from left; often, raising his right arm was accompanied by the direction: "shade more to the left," and vice versa. It was one reason why Granfer had only enjoyed one season as 'skip'.

SCORE

Resignations had reached double figures within weeks.

Poor Danull couldn't win. If he obeyed the hand, Willum's voice had given the correct instruction – if the voice, the hand had indicated what his twin really meant.

After several sessions of 'puttering' the Captain used his authority to declare that Willum and Danull must play on separate rinks. Apart, they were an asset: together, an unmitigated disaster.

The solution worked well for a few weeks, until Willum's rink finished early. He advanced on Danull's match, and proceeded to turn a six shot lead into defeat by four. His twin's game fell apart as the puttering increased. Other team members became unsettled; the opposition were handed the fixture on a plate.

Officers met behind closed doors: the club bar remained shuttered whilst they were in session. Matters were extremely serious.

Their decision caused Granfer Willum to hop up and down with rage – the twins should play in alternate matches. Further, each must agree not to attend as supporter when his twin was playing. The officers hadn't been born yesterday. They did not intend having Granfer on the sidelines as unofficial coach, especially as they were due to host the inter-county competition.

Danull was overjoyed to be one of four players nominated to provide a rink for the county. Willum was disgusted at the decision, though he pretended indifference – in public.

Competitors and officials arrived. Coaches and cars overflowed the car park, stretching down the lane outside. Danull proudly joined his team-mates, resplendent in whites laundered for the occasion by Willum's long-suffering wife. Formal introductions and announcements completed, groups of eight men dispersed to various rinks, and the matches began.

It was noticeable that the owner of an ancient bicycle found it necessary to pedal along the lane fringing the bowling green several times during the hour that followed. The rider wore dark glasses and a large hat, held up only by his ears. An ever-changing scoreboard on his twin's rink afforded Willum little satisfaction. They were losing heavily, and he was convinced Danull was to blame.

By pedalling slowly by, then rushing round the block, Granfer was able to follow his brother's failure. On one visit, he was in time to see Danull fire at an opposing wood. Sadly, he succeeded in knocking out three from his own team instead.

"Ban or no ban," growled Granfer Willum, "us'll have to do summat." He pondered briefly; a smile flickered beneath the all-concealing hat.

Willum marched confidently into the ground, bearing a large iced sponge on a plate. Players were leaving the greens, heading eagerly for the pavilion – and tea.

"Missus sent me," he explained to a glowering Captain. "Danull forgot the cake her made for the bowls tea. I'll just take 'un in the pavilion, then I'll be away." He ushered his twin through the doors; they vanished in a milling throng of thirsty bowlers.

Everyone agreed Danull's tea must have worked a miracle. No more fumbling, no more hesitancy. Each wood was delivered with accuracy, scoring shots on every single end. He was an inspiration; defeat was turned into triumph.

Two small incidents continued to puzzle the Captain, as he locked the pavilion, and waved off the last visiting bowlers. He had noticed, when Danull directed the bowler of the very last wood, he had called "a shade to the left Bill." The Captain was sure Danull had gestured with the RIGHT hand.

Secondly, while checking the pavilion, some lost property had come to light in one of the toilets: a pair of dark glasses, some cycle clips – and a VERY LARGE hat!

BARGAIN BREAK

"... And all for only £75," finished the Merry and Bright Club Secretary. "First come, first served."

Granfer Willum's wife leaned forward in her seat, poking him none too gently in the ribs.

"We could do with a weekend in Newquay; set us up nicely for the winter that would." Willum half turned in his chair.

"Don't be daft woman, where would I get 'undred and fifty pounds. Can't dig that sort of money up with me spuds." Dora's shoulders slumped; she turned to her neighbour for consolation, and the two ladies commiserated over mean husbands.

Granfer Willum and his twin Daniel shuffled rapidly towards a long queue for tea and cakes. "First come, first served" applied here too. Butterfly cakes always went quickly and Willum was partial to Mrs Sellick's butterflies.

"Why don't we go on this 'ere Newquay trip?" Daniel asked his brother. "I'll stump up towards your tickets. You and Dora have been good to me since I've been alone. We may as well get some pleasure from my old woman's insurance money – can't take it with me."

A discussion ensued; it was finally agreed Daniel would pay £125 towards the cost, Granfer Willum finding the remainder.

"We'll not tell Dora." Daniel, more sensitive than his twin, knew Willum's pride was a fragile plant. "Let her think you're giving her a real treat," he counselled.

Granfer's wife was delighted – and not a little surprised – at his change of heart. She gloated over the glossy hotel brochure, marvelling at the idea of an 'en suite', with her own kettle and tea-making facilities.

"Haute cuisine and evening entertainment provided," muttered Dora, scrubbing energetically at Willum's shirt collar.

"Your hotel overlooks Newquay's premier surfing beach," she carolled, sorting through her meagre collection of 'good dresses'.

On the appointed Friday morning, the coach left Fore Street only five minutes late. Granfer Willum complained mildly when he discovered a crate of beer was *not* part of the luggage.

"Goin' to be a dry trip this," he muttered to his twin; "if I'd known I could have slipped a flask in me pocket." His wife shushed him, embarrassed.

"I thought we had to be careful with our spending money. You've told me often enough how much this trip's costing you."

Granfer Willum had to admit the hotel had class. Beds of shrubs and palms fringed elegant lawns. Cases were carried to their room; the mysteries of T.V., radio, intercom and en suite facilities were explained. Dora flitted excitedly from wardrobe to kettle, from scented soap to colour co-ordinated towels.

"Dinner in an hour," she said happily. "I think I'll have a bath." She left Granfer searching the remote controlled television set for racing results.

Willum and Daniel provoked a gasp from other guests as the trio entered the dining room. Fortunately for their waiter the twins wore different ties – in all else they were indistinguishable. Granfer scanned the menu, craning his neck to see items on other guests' plates.

"I'll have a double helping of that," he commanded the waiter, pointing. "Portions are small here," he added to Daniel in a stage whisper. "No wonder it was a special offer." Dora shushed him anxiously.

The main course provoked a louder comment.

"Got a magnifying glass? Can't see small objects too well nowadays."

"I assure you sir," said the waiter smoothly: "these are normal portions. We serve nouvelle cuisine – for discerning guests."

"Yer kweeseen's novel, I'll grant you that." Granfer was unabashed.

"Just hope they've got summat good for pudden." He dug Daniel in the ribs, chuckling at his own wit.

Dora's meal, so eagerly anticipated, was ruined; her husband and his twin bargained with the waiter for spoonfuls of everything on the sweet trolley. Coffee, served in the lounge, was if anything worse. Willum and Daniel presented their 'dolls house cups' repeatedly for refills.

"Shall we stretch our legs?" she asked hopefully.

"Not likely," replied Granfer. "I'm getting me moneys worth. There's a show in the bar later. We'll get there early and find decent seats."

If the all-round entertainer quailed at the sight of Granfer Willum and twin, he gave no indication. He told a couple of stories unknown to the brothers, who rewarded him with hoots of laughter. They joined cheerfully in music hall choruses, beating time with their beer tankards. Dora began to relax.

The entertainer produced a top hat, and started his repertoire of tricks.

"You can see how he does that one Danull," remarked Granfer. "Watch his other hand."

"Perhaps sirs, you would both care to assist me." The entertainer was well experienced in handling sceptics.

"Don't mind if I do." Granfer enjoyed the limelight.

"For my next trick I shall need the loan of a five pound note." A bemused Willum found himself handing one over. The magician promptly rolled it up into a narrow tube. Offering Daniel a lighter, he invited him to set fire to it. Granfer's enraged shouts caused great amusement; the Merry and Bright Club members laughed loudest of all.

The entertainer carefully collected the ashes in a small bowl. Taking an envelope, he tipped them in and sealed its flap.

Specials
Meals.
MENU
B. Steffen.

"Your money sir." He handed the envelope to Granfer with a bow.

"I don't want this rubbish," retorted Granfer Willum. "Give me back me fiver." He dropped the envelope in his wife's lap. "Cor, call this a bargain break," he appealed. "Small portions, gotta make your own morning cuppa – and then they set fire to your beer money."

"Well I'm not complaining," remarked Dora to her neighbour, as they examined the envelope's contents. Tucking her husband's five pound note, and a gift voucher for a local store into her handbag, she left Granfer loudly demanding his rights and set off for their 'en suite', to gloat again over colour co-ordinated towels, and her very own electric kettle.

VOTE, VOTE, VOTE ...

Granfer Willum's wrinkled face darkened to a shade of half-ripe blackberry.

"Build one of them supermarket monsters? Over my spud patch? They got another think coming."

"I'm only telling 'ee what I read in The Chronicle." His twin brother Daniel backed nervously out of reach of Granfer's waving arms. He'd survived seventy five years without being clouted by a Dutch hoe, and intended to continue that way for several more.

Willum's rheumy eyes surveyed the patchwork of allotments; the intensity of his gaze caused them to water. 'They' couldn't destroy his life's work: take away his bolt hole from Dora – *and* from the children when they were small. And for one of those dratted supermarkets: weren't there enough of them already in the town?

"Taking the bread out of honest folkses mouths," he growled to nobody in particular. Days old veg and tatties, wrapped in plastic, were priced way beyond what he could afford. Cotton wool bread and something called 'convenience foods,' that was what supermarkets meant to Granfer.

"We've gotta stop them." Willum and his twin collected some purple sprouting and closed the rickety door of Granfer's shed. But how?

A large piece of card, lashed with garden twine, appeared on the iron gates leading into the allotments. It was read with interest by fellow gardeners; passers by, walking dogs along the cinder lane behind Granfer's terraced house, stopped to comment on its message.

"SAVE OUR SPINNAGE," it read. "COME TO A MEETING TONITE IF YOU DON'T WANT TO LOSE THE ALLOTMENTS. DOG & FERRET (PRIVATE ROOM) HALF PAST SEVEN."

Fred Pearce, nursing his tankard of bitter, claimed a front row seat.

"Don't know what the old fool's on about," he told his cronies. "Stands to reason people need a place to buy food. Plenty of allotments elsewhere: my son's had one t'other side of the railway for years. Half of them's been let go to brambles."

"This wouldn't have summat to do with your son Les, would it Fred Pearce?" Granfer appeared at Fred's elbow, glowering. He knew Fred's son was Deputy Manager in an existing supermarket. "Suit him well, a nice little promotion, I reckons."

"Leave my son out o' this William Hawkins." Fred switched to the defensive.

"Yer son's well *in* it, the way I sees it," Granfer retorted. "Up for the Council again this time, I've heard tell. Featherin' his own nest I shouldn't wonder."

A chorus of agreeing noises confirmed Granfer's support among the allotment holders.

"Stand yourself old chap; show them councillors us ain't to be mucked about," said one.

"Granfer for mayor!" yelled another, well in his cups.

Willum reeled home, supported by a well-oiled twin. Several people had bought Daniel drinks, under the impression it was Willum they were treating. Somewhere beneath Granfer's whisky-induced euphoria lurked the suspicion he had agreed to something he might regret.

Nomination Day grew close. Willum, his knowledge of election procedure very hazy, was stunned when Fred Pearce, of all people, arrived bearing a nomination form, complete with the necessary signatures.

"What's yer game," he growled.

"I'm a member of the Allotment Holders Association aren't I? Anyway, the wife says she don't want lorries driving along our road at all hours, delivering things." Willum still nursed a vague suspicion Fred might be planning to report back to his son.

Granfer's adoption meeting, held in his front room, was remarkable only for the argument between Dora and Fred's wife about how many pounds of sausages should be purchased for the post election knees-up. Six allotment holders and their briskly-knitting wives comprised Willum's supporters. Granfer's twin had been despatched to Les Pearce's election meeting. He had orders to lie low – and keep his ears and eyes open.

A march through town on Saturday, thoughtfully suggested by Fred Pearce, was not a success. Weekend shoppers seemed to prefer the prospect of a new supermarket, much to Willum's annoyance. Fred's son was well pleased.

On the eve of Polling Day, Granfer was dragged, protesting, from the vegetable patch by an incoherent Daniel. The only words Willum could make out were "radio" and "enviryment."

Several young men and women were draped over his front room furniture drinking mugs of tea. Dora had removed her pinny and powdered her nose – at ten o'clock in the morning.

"You've won Willum!" His wife flung her arms around him; he retreated, alarmed.

"Won what woman? The 'lection's not till tomorrow."

"Your allotments are an area of special scientific interest Mr Hawkins," said local radio's 'Roving Reporter'. "The main opposition group has unearthed this little oversight on the Council's part. No chance of building on them now."

Granfer posed for photographs and answered questions. His thoughts seemed elsewhere.

A nervous young police constable approached a pair of elderly gentlemen outside the polling station. Granfer's hollering, with the aid of an ancient loud hailer, and the message carried on Daniel's placard, caused great amusement. Traffic was in chaos.

HELP YOUR
LOCAL
ALLOTMENT
CANDIDATE
DONT
VOTE
FOR ME.
B. Steffen.

"What d'yer mean, other candidates have complained sonny?" asked Granfer. "Where else do they think I be goin' to give out me message? You'd think they'd be glad," he continued, bellowing defiantly through the megaphone. "Show it to 'im, Danull."

Granfer's twin brother obediently thrust his placard towards the policeman. With the addition of a single word, it now read:

HELP YOUR LOCAL ALLOTMENT CANDIDATE

<u>DON'T</u> VOTE FOR ME!

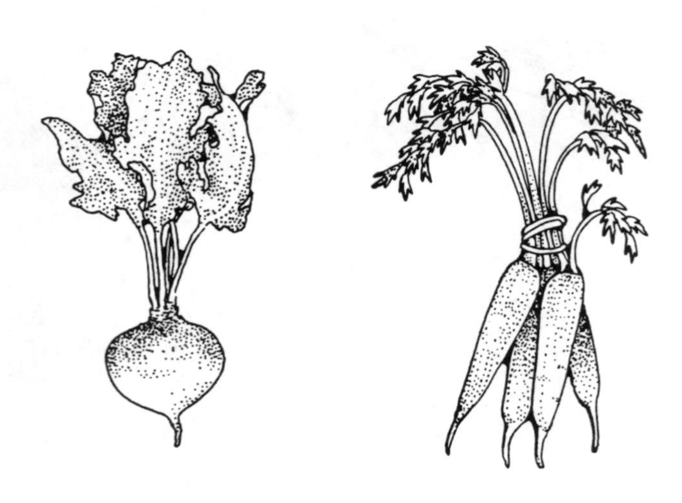

CAR BOOT SALE

"William Hawkins, shift yourself and do something about that shed."

Granfer Willum winced. Dora had used his full name: he knew what that meant. Putting down 'today's runners and riders', he shifted.

His wife stood at the kitchen sink, splashing water over a red, swelling area on her forehead.

"Your rake," she said in answer to Granfer's unspoken question. "That shed's so full of rubbish, I didn't see it until the handle upped and clouted me. Get it sorted out: NOW!"

Willum embarked in his task without enthusiasm. He was attempting to separate a tangled mass of perished garden hose from a roll of chicken wire when the back gate clicked.

"Having a clear out are we?" Fred Pearce, the last person Granfer wanted gloating over his enforced task. They were sworn enemies since Granfer's latest garden show triumph. Fred still hadn't found out how Willum had managed it.

"Mind yer own, can't 'ee," Granfer retorted.

"Tell you what," said Fred: "I'll take that roll o' chicken wire off your hands. Help keep the rabbits away from my veg that will."

" 'T will cost 'ee then." Granfer wasn't giving anything away. A coin changed hands. Fred tucked the roll under one arm, delivered his message to a muttering Dora, and vanished, whistling.

Willum worked steadily for half an hour. When he judged Dora to be safely employed indoors, he sneaked through the back gate. Granfer Willum had an urgent appointment to keep – with his bookmaker.

He returned an hour later with two cronies in tow. Three more items from Willum's shed acquired new owners: more coins found their way into his trouser pocket. An idea put out its first delicate shoots.

"I'll take a stall down one of them car boot sales, outside Victoria Hall." Willum paused between forkfulls of Dora's steak and kidney pudding.

"You haven't got a car, never mind a car boot," she said, disparagingly.

"That don't signify. I shall use me barrow. All that spare stuff you've been telling me for years to stick out in the shed should make a bob or two."

Willum's pals greeted his idea with enthusiasm. Much to Dora's disgust, other wheelbarrows trundled through her back gate. Elderly men could be seen haggling over prices. Several barrows left almost as heavily laden as they arrived. The shed, far from emptying, was filling to capacity. A green tarpaulin covered the overflow, rattling with every breeze.

Granfer rubbed his hands gleefully; he was taking twenty per cent commission on all transactions. Arrangements were also falling neatly into place for the coming weekend's sale.

Early on Saturday morning motorists peered in sleepy disbelief. A convoy of wheelbarrows, each pushed by an elderly man in cap or bobble hat, wound through the town. The barrows were piled with assorted garden and household surplus. An occasional clang or thud was followed by a fruity curse, the convoy coming to an unceremonious halt. Offending article retrieved, it set off again at measured pace.

Granfer Willum brought up the rear of this strange procession. Strapped to his back, a large board proclaimed: FOLLOW US FOR THE BARG(A)IN OF A LIFETIME. Several people did, bemused. They found themselves in the parking area at Victoria Hall, where stalls were emerging from a chaotic jumble of cars and vans.

A convoy of geriatric wheelbarrow pushers caused the regulars amusement.

"Look, it's Dad's Army," laughed one stallholder.

"Lost your way to the tip have you?" asked another.

Fred Pearce, eager volunteer for Granfer's convoy in the belief that it would founder, discovered a snag.

"Where's our table then Willum? All the rest of them's got tables to sell from."

"Us can make our own," Granfer said stoutly. "Get that pile of bricks over there, where they've just finished the new lavs; the door of the old Gents is still in a skip behind the hall. I know, 'cos I did a reccy when I come down on Thursday, after I collected me pension."

Selling was brisk. There were some heated exchanges over Granfer's right to the lion's share of the proceeds. Fred Pearce was, as usual, particularly vocal.

"It was my idea," said Willum; "'twas my shed and garden used for storage. If you don't like it – tough!"

Crowds dwindled to a few tail-enders; stomachs began to rumble and feet to ache. Charlie, who once worked in accounts, totted up their takings. Allowing payment for the pitch: seventy-five pounds and thirty-six pence.

Granfer presided over the share out as if his mind was elsewhere – though he made sure his 'cut' was adequate. One, then another drifted away, depositing left over rubbish on the skip, together with the door of the old Gents. Willum was last to leave Victoria Hall, bracing his shoulders for the long push home.

Dora hummed a cheerful tune and shot the last shovelful of dust and old leaves into her bin. What an immaculate shed! She only needed to persuade Willum to keep it that way.

The back gate clicked. Granfer entered, rear first, dragging a half-filled wheelbarrow behind him. "We did really well Dora," he enthused. "I bought this little lot dirt cheap, from the other stalls. We'll tip it in the shed, until the next car boot sale."

FLIGHT OF FANCY

"Win the airborne experience of a lifetime," the poster read. "First prize, a Flight of Fancy. Tickets fifty pence each."

Granfer Willum sniffed. Ten pence a ticket would be nearer the mark.

"Look at that," he said to his twin brother Daniel: "blooming Rotary again. Must reckon people are made of money – or soft in the 'ead." Daniel wasn't listening; he was busy parting with a coin, laboriously writing his name and address on two counterfoils, tongue following each stroke of the pen.

"Go on you mean old devil, buy a ticket. It's for a good cause." Granfer's wife Dora appeared behind the twins, laden with shopping. Daniel gallantly relieved her of the bags; Willum was too busy making excuses for holding on to his money to notice.

"What chance do we stand of winning anyway? They sells 'undreds of tickets, if not thousands. Some rich bloke 'll win that. Probably all fixed up between them." Granfer nudged his twin, raised one trouser leg, showing a grey woollen sock and the bottom of his long johns, and tapped his ear at the same time. "Blood brothers this lot."

Flight of Fancy tickets were everywhere. By the day of the draw Willum wished he'd bought one. The more he considered this "airborne experience of a lifetime" the greater appeal it had. Surely it must be a trip on Concorde!

The draw took place during a masked ball at the Palace Hotel. When Daniel Hawkins was announced as first prize winner, revellers shrugged their shoulders, and shook heads negatively. "Never heard of him."

It was not until 9.30 the following morning that a bleary-eyed Rotarian arrived on Daniel's doorstep to impart the glad tidings, and to swear him to secrecy until the day of the epic flight.

Daniel dropped the latch on his brother's back gate and crept up the path. Dora took one look at his pallor and reached for the kettle.

"I've won the flight," Daniel croaked.

"Oh, marvellous! Willum's going to be furious. What are you flying in – Concorde?"

"I can't tell you; it's all a big secret. Something to do with publicity, the chap told me." Daniel hated keeping secrets. How he was going to evade Willum's subtle forms of torture for two weeks he had no idea.

"I hear your Danull's won the Flight of Fancy." Fred Pearce leered at Granfer over the rim of his tankard. "What's more, he ain't even letting on where he's going. Thought you twins were supposed to tell each other everything."

"Well you thought wrong then Fred Pearce." Granfer was immediately defensive. "We Hawkins's knows how to keep a secret – not like some folks with long tongues, what wags non-stop." Fred's words goaded Willum. (They were intended to.) *He* should be centre of attention, looking forward to wining and dining, high above the clouds – not Danull.

Granfer had already tried to win the prize from his twin, at cribbage and at darts – without success. Lady Luck seemed to be clinging to Daniel, and ignoring her old pal Granfer Willum. His brother didn't even like *heights*, never mind flying. Now that gave him an idea...

"Did they tell you how high you'll be flying? I suppose you'll be going supersonic." Granfer smiled with bland innocence at his twin.

"I told you before: I can't say." Willum noticed Daniel wince at the word "high," and pressed home the advantage.

"Wonderful what they do with aeryplanes nowadays, Danny boy. No such things as pressurised cabins when we was young. Single engine and rubber band jobs in those days. Sooner you than me mind, when it comes to taking off and landing again. Them's the dangerous bits."

Twenty four hours before take-off, both twins were showing signs of desperation. Granfer saw the chance of a lifetime slipping away; a travel firm's courtesy bus would call for his twin at an early hour next morning. Willum would have to stand there and wave him off.

Daniel was equally unhappy – not to say petrified. He'd survived seventy-five years by keeping his feet on terra firma, but now, all because he'd bought two tickets to support Third World babies... Had he the nerve to offer Willum the Flight of Fancy instead?

"Something's wrong," Dora said, as they approached Daniel's house. "He's never missed my weekly fry-up since that wife of his died – not once."

Daniel opened the door on crutches, his left ankle heavily bandaged.

"You'd better go on the flight in my place Willum old son. Good job we looks the same: nobody'll know it's not me." He met Willum's eyes soulfully. Granfer found it difficult to hide his glee.

The courtesy bus passed Exeter airport, and turned down a country lane.

"Here," yelled Granfer: "Where you takin' me – airport's *that* way?" Protests died in his throat. The bus had stopped at the entrance to a large field. In it's centre, a small group of people clustered round a part-inflated hot air balloon.

"We'll have a shot of you getting in Mr Hawkins," said the photographer. "I must say you're game, going up in a hot air balloon at your age. I'd have thought you'd be better off with a flight in Concorde."

SUPERMARKET BLUES

"I'm nearly out o' cheese, just used the last tin of baked beans – and here's yer spare nightie." Granfer Willum dropped a crumpled garment onto Dora's bed. She stretched an arm towards it, and winced.

"When are they gonna let you home?" Willum asked.

"When they're good and ready. My stitches don't come out for another four days Staff Nurse tells me."

Granfer looked glum. He could live happily, surrounded by dust: indeed he wouldn't notice it until moving the teapot stand left a clean patch on their sideboard. Food was another matter.

"You'll have to go shopping." His wife put Granfer's thoughts into words as usual. "Go to that new supermarket; you can get it all under one roof. I'd have left you provided for, if I'd known this was going to happen."

"I can't go there woman! Stood for the Council against them building it over our allotments, didn't I? Got me principles, when all's said and done."

"Please yourself. I've written down a few ideas anyway. It's up to you what you do with them."

Granfer noticed Dora had slumped back against her pillows. For the first time, he became aware how grey her face looked. Poor old girl. Still, another few days rest in here and she'd be raring to go – he hoped!

"I'll take Danull with me. He should be used to shopping – lives alone, when he's not round our place, scrounging a meal. Us'll manage, never you fret."

Willum boarded a bus outside the hospital, which deposited him at the Dog and Ferret. Wednesday was dominoes night. He'd find his twin brother Daniel in the public bar for sure.

Two white haired figures, feet at ten to two as usual, approached the new supermarket next morning. The scowl on

Granfer's face told its own story. Why did these old biddies need to buy licence stamps, phone stamps, and stamps for everything under the sun, Willum pondered? And if they must show the Postmistress photos of their ugly grandchildren, did they have to do it when he was trying to collect his pension?

"Give us yer trolley then." He addressed a young woman, returning one empty from the nearby car park. "How was I to know you have to pay for the darned things?" Granfer complained, ears ringing with her response. "Bloomin' fine place," he continued: "charging you for a trolley."

They approached the greengrocery section, where Willum and Daniel struggled valiantly to open a succession of polythene bags for some apples. A display of Conference pears surrounding the bag dispenser was soon littered with screwed-up plastic.

Granfer moved on, to examine sprouts and cabbages – and to find them inferior to his home grown produce.

"You don't want them outside bits," he told a pensioner who was selecting sprouts. Taking her part-filled bag from her, he removed the offending leaves and returned it. "Don't pay 'em for what you can't eat." He ignored the glares of a nearby assistant.

Shopping seemed to take an eternity. Granfer decided he would re-organise the store, given half a chance. Everything should be in ABC order, then he would be able to find what he wanted. The trolley seemed to be filling, despite his difficulties.

"This is more like it," he said to Daniel, standing in front of a long counter displaying cheeses galore and a miscellany of cold meats. "Proper shop I call this." He waved his arm at a frilly capped assistant. She ignored him, and served a succession of women, each clutching a small slip of paper.

"Oy missus, I was 'ere first," Granfer yelled.

"Get a number off that reel you fool," mouthed his embarrassed twin. Granfer, muttering darkly, obeyed; he received a hunk of cheese and packet of ham without comment.

Following a brief argument in the confectionery aisle, a small box of Dora's favourite after dinner mints was placed in the trolley. It was clearly understood Daniel would pay for it when they reached the checkouts.

"Express till," read Granfer. "That's the one for me."

"Only up to ten items, William Hawkins. You've got far more than that in your trolley." One of their club's lady bowlers elbowed past Granfer with her basket. He moved to another checkout, hopping and sighing as customers in front of him laboriously wrote cheques for their purchases. The second even needed to borrow a pen from the checkout girl.

"How much?" Willum stared in disbelief. "Can that machine of yours add up? Nineteen pounds for a few bits and pieces. I'm a poor pensioner – not a blinking millionaire." Surely Dora couldn't stay in hospital much longer.

Granfer and his twin lifted the carrier bags from their trolley; Willum replaced it in the compound and pocketed his returned coin. He cast an eye round the car park, hoping some other shoppers might have left a stray trolley or two. No such luck.

"Nineteen pounds for a bit o' food. 'Tis wicked what they charges!" Granfer noticed Dora's mouth twitching at the corners. "You can laugh. Not even money left for a pint, nor a flutter."

"Now you know what we women have to put up with," replied Dora, indistinct through a mouthful of mint. "And if you don't treat me nice and gentle, I might just have one of these relapses – and you'll be buying cheese instead of beer every week!"

SPECIAL
OFFER.
30P
ONIONS
SPROUT

GETTING THE BIRD

Granfer chewed a stump of pencil and pored over columns of figures, scribbled on the back of an envelope. No matter which way he calculated, they gave the same answer. He rubbed horny palms together and chuckled.

"Us'll be celebrating Christmas good and proper this year m'dear," he told Dora, rare affection in his tones.

"How's that then Willum?" His wife continued her tussle with Captain Scarlett's uniform, needles clicking. She'd be glad of a few pounds extra for the festive season. Perhaps she could buy presents for their other grandchildren, and avoid more battles with fancy jumper patterns.

"Turkeys an' chickens, that's how," replied Willum. "I met Charlie Carter – you remember, used to keep a greengrocers in Fore Street. Him and his son Jim have gone in fer rearing them to sell for Christmas and..."

"Don't tell me," interrupted Dora: "you're setting up in competition with Tesco."

Granfer watched her resume knitting. His shoulders drooped. Trust a woman to put the damper on things. He'd been delighted with the bargain struck with his old pal. All the Merry and Bright club members would give him their order for a Christmas bird – or he'd make their lives a misery. He could depend on cronies at the Dog and Ferret too, providing he waited until they were well oiled before producing his order book. Old Fred would be a problem; his son managed a local supermarket, but Willum had never failed to get the better of Fred Pearce yet.

He turned to contemplation of the figures; at twenty per cent he couldn't lose. A well-filled drinks cupboard, two or three cigars, and a box of crystallised ginger for Dora – even though she'd tried to dampen his optimism – floated through Willum's

WINE
CIGAR

daydream. Perhaps even some left for a New Year flutter on the horses.

Granfer bought an invoice book and began selling "Charlie Carter's Fresh Poultry" to all and sundry. Apart from one or two unfortunate errors, like putting carbon paper in the book backwards, it was easy. Most of his customers had grown up without the aid of polythene wrapped, giblet-free chickens or turkeys. They flocked to buy good old-fashioned oven-ready birds from Willum – 'cash with order.'

Fred Pearce intercepted Granfer outside the Dog and Ferret.

"What's this I bin hearing about you takin' the bread from my son's mouth?" he growled.

"Haven't had so much as a sniff of one of your son's loaves," retorted Granfer Willum. "Not that I'd want any of that pre-packed cotton wool he calls bread if he begged me to take it."

"You knows what I mean Willum Hawkins. Serve you right if all Charlie Carter's birds goes down with fowl pest." Fred stomped off, leaving Granfer to keep his assignation with Charlie, and a pint of best bitter, in the pub.

Final totals were agreed; all monies – less Granfer's twenty per cent commission – handed over. Willum treated himself to a congratulatory whisky before returning to a sceptical Dora in triumph.

One week before Christmas Granfer made a phone call – then another... and another: all to the same number. Charlie Carter and his son weren't answering their telephone.

"You're probably dialling it wrong: try Directory Enquiries," said Dora, when he was driven to confess he couldn't confirm delivery of the poultry.

The number proved to be ex-directory. Neither Granfer's cajoling, nor some of his more fruity oaths, moved a stoney-voiced operator – and he didn't know the address. Granfer had made all the arrangements in the Dog and Ferret.

"Better hang fire on that bottle o' whisky," he told his wife morosely. Dora felt glad she had already bought and wrapped all the presents.

Three days to go. Willum found himself the centre of a disgruntled group of pensioners. He was obliged to refund their money from his own pocket. This time, Granfer had injured more than his pride.

Fred Pearce delivered two small chicken breasts, garnished with a sprig of holly, to Willum and Dora.

"With my son's compliments," he smirked. The supermarket had been overwhelmed and delighted by a sudden rush of elderly townsfolk, fighting over the store's remaining stock of chickens and turkeys.

At dusk on December 23rd, a large green van rattled to a halt outside Granfer's house. Inside it Charlie Carter, head and right arm bandaged, rode alongside a complete stranger.

"Hope you weren't worried old son," he told a speechless Willum. "Us had a bit of bother with turkey rustlers last week. Knocked my son Jim out; he still don't know if 'tis Christmas or Easter. I took a pot shot at 'em with my old rifle – danged thing backfired. Only got out of hospital yesterday. Just tell us where you want the birds and we'll be away."

Granfer Willum tramped along Fore Street late on Christmas Eve. Legs moved automatically: arms drooped by his sides. He didn't care if he never saw a turkey or chicken again. Granfer had spent the entire day begging local butchers, the freezer centre – anybody – to put poultry into their deep freezes. He'd managed to give several away to deserving causes, and was still suffering from this unaccustomed experience.

There's not a lot you can do with thirty five chickens and turkeys, which have arrived "too late for Christmas."

GRANFER WILLUM : 2-1

"Seen this?" Fred Pearce dropped the Herald on a table between Granfer Willum and his twin.

"Mind my beer!" Granfer's hands reached for his pint mug; they cradled it protectively. "Course I've seen 'un; tis a free newspaper – nothin' but bad news and house adverts."

"You can be bloomin' thick when you wants, Willum Hawkins," said Fred, emphasising an item on page one with his stubby forefinger. "There, see? Pancake races – down along the seafront."

Willum wondered if Fred Pearce had taken leave of his few remaining senses. Pancakes were womens' business.

"You entering *your* missus then?" Granfer thought perhaps Dora might be persuaded to have a go. Her pancakes were dreams of delight. His mouth watered, already tasting them; sugar-dusted, with a squeeze of lemon. He gulped a mouthful of ale, choking at his old enemy's next words.

"You and me Willum – *that's* what I've got in mind. There's a veteran's class see? £10 prize for the winner. I thought a little side bet, for interest. Course, if you're chicken..."

Granfer stood up. He faced Fred: eyeball to eyeball. "Chicken" was a dirty word. He hadn't forgotten the Christmas poultry shambles – nor, he was certain, had Fred.

"Yer on," he snapped. Daniel looked at his twin, horrified. What was Willum getting into now?

During late January, the antics of several elderly men puzzled the resort's winter visitors. Strange enough to observe their progress along the promenade, alternating between jogging and a brisk walk. Why, they wondered, was each man carrying a frying pan?

Granfer and Daniel – who was only there under protest – could have told them. Everyone was practising for the Grand

Pancake Run, to take place on Shrove Tuesday. Granfer's main interest on these jaunts seemed to be in the exact geography of the course.

The landlord at the Dog and Ferret had been appointed bookmaker on Willum and Fred's behalf. He was presumed neutral, having served both parties without fear or favour for years. Takings behind the bar were highly satisfactory: word of the long-time enemies' latest challenge evidently widespread in the town. By Monday evening, Granfer's odds were quoted at 2-1: Fred Pearce at Evens.

Shrove Tuesday arrived: chilly but dry. By eleven thirty, housewives, waiters and waitresses from local hotels and the young and athletic, had enjoyed their moment of glory – or slunk away, pancake torn and frying pan dented. A hardy knot of spectators remained near the start line, stamping feet and rubbing frost-tipped fingers.

"Veterans pancake trot!" yelled an official, through what Granfer referred to as a "loud halo." Fred Pearce strode forward in bottle green jogsuit, borrowed from his son. It bagged around his ankles, lapping over an ancient pair of tennis shoes.

Weather, common sense and wifely nagging had prevailed. Only five other veterans prepared to join Fred. Each carried a sturdy frying pan, containing an equally solid looking pancake.

The organiser began his roll call: "Josh White... Frederick Pearce... William Hawkins..." No response from Granfer.

"Mr Hawkins?" he repeated.

"Eh? Oh sorry mate, I was miles off. Yes, here." Fred Pearce sniggered. Granfer, whose only concession to racing had been substituting bowls shoes for boots, and controlling his trouser bottoms with bicycle clips, hadn't a hope of winning. He'd never last the course.

The starter dropped his flag. A small figure in cap and cycle clips forged ahead. Others were tempted to match his pace, but decided to let the old fool burn himself out. His progress was keenly followed by St. John Ambulance cadets, hoping for a chance to practise.

At the first marker, pancakes were successfully tossed by all contestants. The race leader soon approached two ranks of beach huts, fronting a wall, holding back sand dunes and marram grass. Granfer appeared to falter, and turned towards a cold water standpipe. Resting his frying pan on the wall, beside a small gap, he drank eagerly: so eagerly that his waving arm knocked the frying pan out of sight.

"Lost me darned pan now," muttered Willum to a couple of spectators – and followed it.

Fred Pearce shot a suspicious glance towards the beach huts, but continued, re-assured, as Granfer Willum re-emerged almost immediately. Willum fought off the attentions of several would-be first aiders, patted his pancake back into its frying pan and rejoined the race.

Granfer's liquid refreshment must have been 'the water of life.' He jogged along as if the race had just started; regained the leading position with ease. Fred Pearce, cursing his son's floppy tracksuit bottoms, strained every furious muscle to hold first place – to no avail.

Granfer passed him, and jogged across the finish line, tossing his pancake jauntily. It looked in good condition, with little sign of the sand and grass into which it had recently tumbled.

Willum's hand, poised to grasp the trophy and an envelope containing £10, developed a sudden tremor. His ears picked up a familiar cheer, somewhere in the crowd: a cheer his own throat could have uttered. He seized his prizes, shook hands and left, without gloating over his old enemy.

Spectators who knew of the side bet with Fred Pearce assumed he was anxious to claim his winnings. Granfer's anxiety owed more to the presence of a replica of himself: identical from cap to bicycle clips. A cheering replica, waving a large frying pan – to which clung the remains of an extremely sandy pancake!

OH YOU'LL NEVER GET TO HEAVEN...

Blip blip blip blip... Granfer Willum lifted one heavy eyelid. The monotonous note was giving him an almighty headache.

"Ah good, you're with us old chap," said a voice. "We'll soon have you patched up – good as new before you know it."

Patched up? Willum strained to remember. Something to do with a Jack Russell terrier – and a post-box looming up from nowhere. Unless... the effort was too great. He allowed the eyelid to fall onto a grazed cheekbone.

Blip blip blip... "Turn that darned thing off," he tried to shout. A smelly plastic mask turned his words into senseless mumble. Everything whirled about him.

Bee-ee-ee-ee... A long, continuous drone. Granfer realised he was leaving whatever he had been lying on. Hovering there, weightless, he watched men and women materialise from nowhere: pushing machines, waving hypodermic needles. All this fuss over some old bloke in a white nightshirt.

The arrival of an angel seemed perfectly natural. Her blonde curls and pouting lips reminded Granfer of Marilyn Monroe; over the robe she wore a circle-stitched brassiere, which came to two tantalising points. He'd seen a pop singer on the telly in one. Madonna: that was the name. He supposed this was standard angelic uniform nowadays.

"Come along William," the vision cooed. "Time to go."

She fastened a pair of wings between his shoulder blades and clapped a halo over Granfer's snowy curls. Now he knew how homing pigeons felt – except that the band should have been fastened round his ankle.

Pigeons reminded him of flying. "Gotta find me bike clips. I'll need summat to hold this white thing down. Catch me death with the wind blowing up me shirt."

Marilyn Madonna ignored him; she grasped Willum's hand in hers. Within minutes the pair arrived beyond the clouds, at the foot of a golden stairway.

"These stairs solid gold – or plated?" Granfer assessed them while he climbed. There must be a fortune to be made if they were eighteen carat; he had a pretty good idea where he might have flogged the banisters.

Heaven's door came as a disappointment. Dark and solid, it bore a discreet nameplate: "Heaven plc. Please knock."

"What, no pearly gates?" Granfer tweaked Marilyn's bottom to attract attention.

"Fumbling old men," she spat – and vanished.

In Reception stood a recording angel, armed with huge dusty book. In the harassed features, Willum recognised Fred Pearce, his adversary on earth.

"I knew there'd be trouble when you arrived," he growled. "Fed in your details and our computer blew up. We're off-line. I'm having to look you up in the old ledgers." Granfer opened his mouth to retort, then thought better of it. He was certain to have one or two black marks against his name. No sense in adding to them.

One or two? The list of sins and peccadillos against William Hawkins boomed endlessly from a loudspeaker in the corner. Occasionally, Granfer defended himself.

"That weren't me: 'twas my twin brother Danull," or "you must be mixing us up again." He rubbed moist palms on his robe. Would he be sent to the eternal bonfires below?

The loudspeaker fell silent; a section of wall slid noiselessly open. Saint Peter entered. Granfer knew it was Saint Peter – he'd seen pictures of him on Sunday School texts, sixty-five years ago.

"Let him be admitted," said the saint. "We are short of gardeners nowadays: too many computer programmers and complementary therapists. You've a gift for creative accounting too, I understand. God will be glad to see you – he hasn't had a good laugh in weeks."

Granfer preened himself and followed Saint Peter, mentally thumbing his nose at the recording angel. He was in!

"These are our orchards." Saint Peter waved a hand towards acres of apple trees, laden with ripe fruit. "I hate to ask on your first day, but we are desperately short of pickers..."

"No problem mate." Willum saw an opportunity to ingratiate himself with God's deputy. He collected a basket, propped a ladder against the nearest tree trunk, and began.

Granfer soon became distracted by two trees in the centre of the orchard. They appeared to wink in the sunlight. He left his task for a closer look. These apples were gold: perfectly moulded, solid gold! Willum stared temptation between the eyes and succumbed. He slid one into each sleeve and knotted the garment at the wrists.

A genial old fellow, long beard reaching his chest, strolled into the orchard as the sun drooped in the heavenly sky. He inspected full apple boxes and stamped them, praising the pickers for their efforts. Granfer shuffled over to him.

"You the buyer? Got summat a bit special here, if you're interested."

"I might be, at the right price."

"Now you're talking my language." Willum fished in his right sleeve. "Solid gold: none of your plated rubbish."

The old man's eyes deepened. They met Granfer Willum's, passed beyond and pierced every nook and cranny of his soul.

"Out!" thundered God. "William Hawkins, consider yourself banned!"

Like a video on "fast rewind", Granfer shot past a grinning recording angel, slid painfully down the golden staircase, dropped through several clouds, and landed – with a thump.

B.Steffens.

Blip blip blip...

"They say only the good die young Mister Hawkins." The doctor's voice sounded less hearty: even relieved. "Not your turn for Heaven this time eh? Ha Ha."

"You never spoke a truer word mate," Granfer muttered.

"By the way," continued the Casualty Officer: "we've located your clothing – what was left of it. Still, these are intact; I presume they're the ones you kept shouting for."

Before Granfer Willum's bemused eyes he dangled: an ancient pair of

BICYCLE CLIPS.

THE END

Le Roug

Adaptation de **Sarah Guilmault**
Illustrations de **Gianni De Conno**

Rédaction : Sarah Negrel
Direction artistique et conception graphique : Nadia Maestri
Mise en page : Carlo Cibrario-Sent, Simona Corniola
Recherche iconographique : Alice Graziotin

Première édition : janvier 2015

Crédits photographiques : Dreamstime ; Istockphoto ; Shutterstock ; Thinkstock ; Rue des Archives/Tips Images : 4 ; Prisma/UIG/Getty Images : 5 ; Civica Raccolta delle Stampe "Achille Bertarelli"/DeAgostini Picture Library : 6 ; PASCAL PAVANI/AFP/Getty Images : 17(1) ; ©Andreas von Einsiedel/Corbis : 26(2) ; DeAgostini Picture Library : (4) ; Chesnot/Getty Images : (5) ; Culture Club/Getty Images : 38 ; Adam Woolfitt/Robert Harding/Cubo Images : 39 ; Mary Evans/Tips Iages : 42 ; WebPhoto : 72 ; Fighting at the Hotel de Ville, 28th July 1830, 1833 (oil on canvas), Schnetz, Jean Victor (1787-1870)/Musee de la Ville de Paris, Musee du Petit-Palais, France/Bridgeman Image : 74 ; DEA/G. DAGLI ORTI/DeAgostini/Getty Images : 75 ; Getty Images : 76g ; Mary Evans/Tips Images : d ; Hulton Archive/Getty Images : 106.

Pour toute suggestion ou information, la rédaction peut être contactée à l'adresse suivante :
info@blackcat-cideb.com
blackcat-cideb.com

The design, production and distribution of educational materials for the CIDEB brand are managed in compliance with the rules of Quality Management System which fulfils the requirements of the standard ISO 9001 (Rina Cert. No. 24298/02/S - IQNet Reg. No. IT-80096)

ISBN 978-88-530-1517-4 Livre + CD

Imprimé en Italie par Italgrafica, Novara

Sommaire

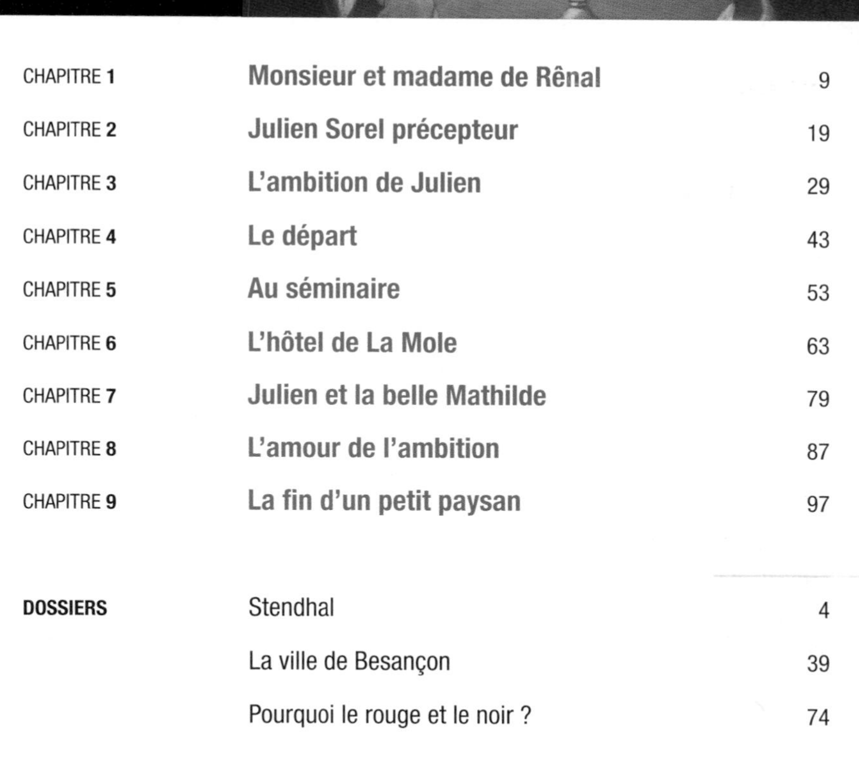

Le texte est intégralement enregistré.

 Ce symbole indique les chapitres et les activités enregistrés et le numéro de leur piste.

DELF Les exercices qui présentent cette mention préparent aux compétences requises pour l'examen.

Stendhal

Sa famille

Henry Beyle, qui prendra le pseudonyme de Stendhal en 1817, est né à Grenoble le 23 janvier 1783. Il est le fils aîné de Chérubin et d'Henriette Gagnon, et il a deux sœurs. La mort de sa mère, alors qu'il n'a que 7 ans, le marque profondément et le rend extrêmement malheureux car il l'aimait passionnément.

Son père, avocat au Parlement de Grenoble, est un parfait représentant de la bourgeoisie provinciale[1]. Il est totalement absorbé par les affaires et la gestion de ses propriétés.

C'est donc sa tante Séraphie qui s'occupe de lui. Elle a un caractère tyrannique et lui interdit de fréquenter les enfants de son âge. Elle lui donne un précepteur hypocrite, l'abbé Raillane, qui va lui apprendre l'art de mentir.

Ses seuls alliés dans sa famille sont sa grand-tante Élisabeth et son grand-père Henri Gagnan, un médecin ouvert aux idées des Lumières et qui l'initie à la littérature. Il se liera d'amitié aussi avec certains domestiques dont un certain Lambert.

1. **Bourgeoisie provinciale** : bourgeoisie des affaires.

Exécution du roi Louis XVI, le 21 janvier 1793.

Élève de la Révolution

Henri devient un républicain convaincu en réaction au bigotisme [2] et à l'esprit réactionnaire des membres de sa famille.

L'exécution du roi Louis XVI, le 21 janvier 1793, lui procure « un des plus grands sentiments de bonheur de sa vie ». Il est très heureux quand son père se fait arrêter parce que « suspecté » d'être l'ennemi de la République.

Stendhal se passionne pour la lecture car cela lui permet de s'évader de l'isolement et de l'oppression familiale. Il aime aussi les mathématiques pour leur exactitude, car ils lui font oublier l'hypocrisie de la société de son temps.

En 1799, il reçoit un prix en mathématiques ce qui lui permet de quitter enfin cette Grenoble détestée pour aller à Paris. Cependant, il ne réussit pas à s'habituer à la vie de la capitale, et lorsque le 7 mai 1800 il apprend qu'il doit rejoindre la grande Armée en Italie, il est fou de joie.

2. **Bigotisme** : dévotion étroite et excessive.

La Scala à Milan, au milieu du XIXe siècle.

L'Italie

En juin 1800, il retrouve donc l'armée de Napoléon en Italie. Il a de grandes affinités avec ce pays, surtout avec Milan qui est pour lui « le plus beau lieu de la terre ». Stendhal s'intéresse beaucoup à la musique et à l'art italien.
À partir de 1801, Stendhal voyage souvent entre la France, l'Italie, l'Allemagne et l'Autriche. Il participe à la Campagne de Russie dans l'armée de Napoléon, en 1813.

Romans et voyages

Stendhal commence à publier ses premières œuvres. Bien qu'il soit timide et maladroit, il a une vie amoureuse très intense. En 1818, il s'éprend follement de Matilde Viscontini in Dembowski.
Il aime la vie mondaine et est très dépensier. Pour gagner sa vie, il doit collaborer au *Journal de Paris* et à certaines revues anglaises pour lesquelles il écrit en tant que critique d'art et de musique.

En 1827, il publie son premier roman *Armance* et commence à écrire *Le Rouge et le Noir* qui sortira trois ans plus tard. Il devient consul à Trieste en 1830, puis voyage de nouveau et publie de nombreuses œuvres. En 1838, il écrit *La Chartreuse de Parme* en moins de deux mois.

La fin de sa vie

L'auteur rentre à Paris en 1842 où il subit une deuxième attaque d'apoplexie. Il meurt le lendemain, le 23 mars, sans avoir repris connaissance.

Compréhension écrite

1 Lisez le dossier, puis dites ce que Stendhal aime (☺) ou n'aime pas (☹).

Les personnes	☺/☹	Idées, lieux et activités	☺/☹
Sa mère		Le bigotisme	
Séraphie		La République	
Son grand-père		La lecture	
Sa grand-tante		Les mathématiques	
Lambert		Grenoble	
Matilde Viscontini		Milan	
Le roi Louis XVI		L'art italien	

2 Complétez la fiche biographique de Stendhal.

- .... : naissance d'Henri Beyle.
- .... : il quitte Grenoble pour Paris.
- 7 mai 1800 : ....
- 1813 : ....
- .... : il tombe amoureux de Matilde Viscontini.
- 1827 : ....
- .... : il publie *Le Rouge et le Noir*. Il est consul à Trieste.
- 1838 : ....
- .... : mort de Stendhal.

Personnages

De gauche à droite et de haut en bas : **madame Louise de Rênal, Julien Sorel, Mathilde de La Mole, l'abbé Chélan, l'abbé Pirard.**

CHAPITRE 1

Monsieur et madame de Rênal

Monsieur de Rênal a un aspect austère : il a des cheveux et des vêtements gris. Il doit avoir une cinquantaine d'années et son visage possède une certaine régularité. Mais quelque chose dans sa personne déplaît rapidement à celui qui le regarde : son air d'autosatisfaction.

Monsieur de Rênal est le maire [1] de Verrières, une des plus jolies villes de Franche-Comté. Il est riche et il est l'homme le plus aristocratique de la ville. Il est aussi très respecté des habitants qui lèvent tous leurs chapeaux à son passage.

Son épouse, madame Louise de Rênal, est une femme d'environ

1. **Le maire** : celui qui dirige une commune.

trente ans. Elle est grande, bien faite et a eu plus d'un courtisan dans sa jeunesse en raison de sa beauté. Monsieur Valenod, par exemple, un autre homme riche de Verrières et l'ennemi de monsieur de Rênal à cause de son esprit libéral, lui avait fait la cour. Mais sans succès : madame de Rênal en était sortie encore plus vertueuse. Louise est très timide et bien différente des autres habitantes de Verrières car elle n'est ni intéressée par les mondanités [2] ni par la mode. La seule chose qu'elle désire c'est qu'on la laisse s'occuper de ses enfants et se promener seule dans son jardin.

La famille de Rênal possède une belle maison en pierres entourée de jardins magnifiques. À l'horizon, nous pouvons apercevoir les collines de la Bourgogne qui semblent avoir été créées pour le plaisir des yeux. C'est grâce aux bénéfices de son usine de clous que le maire de Verrières a pu construire cette demeure. Mais pour agrandir son terrain, il a dû faire bien des démarches [3] auprès du vieux monsieur Sorel, paysan dur et entêté. Et pour un homme fier comme le maire, cela n'a pas été une chose facile à accepter !

Cette petite ville qui vous semble si jolie, le sera-t-elle encore lorsque vous saurez que la seule chose qui motive les habitants est l'argent, ou savoir combien peut rapporter telle ou telle activité ? Les étrangers qui arrivent à Verrières pensent, en admirant le paysage, que les habitants sont sensibles à la beauté. Ce n'est pas faux mais ils le sont uniquement parce qu'elle attire des étrangers qui enrichissent les commerçants et donc apportent des revenus à la ville.

2. **Les mondanités** : vie mondaine.
3. **Les démarches** : tentatives pour réussir dans quelque chose.

Monsieur et madame de Rênal

Un beau jour d'automne, monsieur de Rênal se promène avec son épouse et ses trois enfants. Louise écoute son mari attentivement, tout en suivant avec inquiétude les mouvements des garçons. Le plus grand, qui doit avoir onze ans, s'approche trop souvent du parapet et fait semblant d'y monter. Une voix douce prononce le prénom d'Adolphe et arrête le projet ambitieux de l'enfant.

— Je veux prendre chez moi Sorel, le fils du scieur de planches [4], dit monsieur de Rênal à sa femme, il surveillera les enfants qui commencent à être trop agités. C'est un bon latiniste qui leur fera faire des progrès et leur servira de précepteur. Je lui verserai un petit salaire, et il sera nourri et logé. Je me suis informé sur sa moralité auprès du curé. J'avais peur qu'il ne soit libéral car il est le neveu d'un bonapartiste. Mais le curé m'a rassuré en me disant qu'il étudiait la théologie depuis trois ans et qu'il avait le projet d'entrer au séminaire [5]... Ah ! Quand je pense à la tête que fera monsieur Valenod... Il peut posséder la plus belle calèche [6] de la ville, mais il n'a pas de précepteur pour ses enfants, lui ! Tu verras qu'il nous enviera bientôt Sorel.

— Mais Valenod pourrait essayer de nous le prendre ? lui demande Louise.

— Nous le prendre ? Tu es donc d'accord ? dit-il en regardant sa femme, avec un air satisfait. Allez, c'est décidé !

— Comme tu vas vite pour prendre une décision !

— Écoute, nous sommes envahis par les libéraux ici ! Je veux qu'ils voient passer nos enfants accompagnés de leur précepteur.

4. **Un scieur de planches** : ici, charpentier.
5. **Un séminaire** : établissement religieux.
6. **Une calèche** : voiture à cheval.

Cela me coûtera cher mais il s'agit d'une dépense nécessaire qui nous servira à soutenir notre rang !

Cette décision prise aussi rapidement rend madame de Rênal toute pensive. Elle n'arrive pas à juger son mari et sans doute ne s'est-elle pas rendu compte qu'il l'ennuyait. Elle imagine peut-être que leur relation est la meilleure qui puisse exister entre un mari et sa femme... En réalité, elle l'aime surtout quand il parle de ses projets d'avenir pour leurs enfants : le premier est destiné à l'épée[7], le second à la magistrature et le troisième à l'église.

Lorsque quelques jours plus tard, monsieur de Rênal propose au vieux Sorel de prendre son fils comme précepteur, ce dernier se réjouit. Non pas qu'il ait besoin d'argent — il s'est enrichi grâce à sa scierie — mais il pense qu'il va enfin pouvoir se débarrasser de ce fils aussi délicat que peu adapté au travail physique.

De retour à la scierie, le père Sorel va trouver Julien qui, au lieu de surveiller la scie, est en train de lire pendant que ses deux grands frères travaillent. Le vieux Sorel ne sait pas lire et il n'arrive pas à pardonner à Julien sa passion pour la lecture. Julien lui, hait[8] son père et ses frères qui passent leur temps à le battre.

— Eh bien, paresseux ! dit le vieux Sorel à Julien. Tu liras ce soir avec le curé. Viens avec moi, j'ai quelque chose à te dire.

Arrivés à la maison, le père avertit son fils qu'il ira travailler chez monsieur de Rênal. Mais Julien n'est pas très enthousiaste car la seule chose qui l'intéresse c'est lire et étudier, ou mieux encore, faire fortune.

— Qu'est-ce qu'on va me donner en échange ? demande-t-il à son père.

7. **L'épée** : ici, carrière militaire.
8. **Haïr** : détester.

— La nourriture, le logis, un habit et un salaire.

— Je ne veux pas être domestique ! dit Julien.

— Qui te parle d'être domestique ? Tu vas être précepteur, imbécile !

Julien commence alors à penser à son nouveau sort. Il imagine déjà tout ce qu'il va trouver dans la belle maison du maire de Verrières. Il est donc enchanté par l'idée : il ferait n'importe quoi pour arriver à la fortune [9]. Et puis, peut-être que là, il pourra continuer à lire et à étudier tranquillement.

Ce jeune homme de dix-huit ans commence à plaire aux jeunes filles : ses traits délicats, son nez aquilin et ses grands yeux noirs qui tour à tour annoncent la réflexion ou la passion lui donnent beaucoup de charme. Mais Julien n'enchante pas seulement pour sa beauté, il sait aussi charmer avec ses qualités mentales : pour gagner l'estime du vieux curé Chélan dont il sait que son sort dépend, il a appris par cœur le Nouveau Testament en latin. Il n'y croit pas vraiment mais cela lui a aussi permis d'acquérir une mémoire étonnante. Après avoir grandi auprès d'un oncle fou de Bonaparte et avoir rêvé de devenir militaire, Julien a changé d'avis après la mort de son oncle. Il a compris qu'il valait mieux se rapprocher du curé et envisager un autre métier. Ainsi, il a passé des soirées entières à suivre les enseignements théologiques de Chélan en montrant des sentiments pieux, alors qu'en réalité sa seule ambition était de devenir riche.

9. **La fortune** : richesse.

Compréhension écrite et orale

1 DELF Écoutez et lisez le chapitre, puis dites si les affirmations sont vraies (V) ou fausses (F).

		V	F
1	M. et Mme de Rênal vivent à Verrières.	✓	
2	Verrières est une petite ville de Bourgogne.	✓	
3	M. et Mme de Rênal appartiennent à une famille de paysans.		✓
4	Ils ont trois enfants, dont le plus jeune a onze ans.		✓
5	M. de Rênal veut prendre un précepteur pour ses enfants.	✓	
6	Le précepteur s'appelle Julien Sorel et étudie la théologie depuis trois ans.	✓	
7	Le père Sorel est content de se débarrasser de son fils.	✓	
8	Julien ne veut pas être domestique.	✓	

2 Complétez les portraits des trois personnages avec les mots proposés. Accordez les adjectifs si nécessaire.

maire yeux noirs cinquante ans vertueux riche fier grand austère timide précepteur trente ans délicat cheveux gris passionné de lecture dix-huit ans aristocratique nez aquilin beau

Julien Sorel	Louise de Rênal	Monsieur de Rênal

3 **Associez chaque question à sa réponse.**

1 ☐ Quel est le métier de monsieur de Rênal ?
2 ☐ Que désire Louise ?
3 ☐ Pourquoi monsieur de Rênal veut-il prendre un précepteur ?
4 ☐ Quand Louise aime-t-elle particulièrement son mari ?
5 ☐ Qu'est-ce qui intéresse surtout Julien ?
6 ☐ Quelle est sa seule ambition ?

a Quand il parle des projets d'avenir de leurs enfants.
b Devenir riche.
c Il dirige une usine à clous.
d Lire et étudier, mais surtout faire fortune.
e S'occuper de ses enfants et se promener seule dans son jardin.
f Pour soutenir le rang de leur famille.

4 **Trouvez le nom du personnage qui correspond à chaque portrait. Attention, une phrase fausse s'est glissée dans chaque portrait. Indiquez-la.**

Portrait 1 : ....

a ☐ Il est riche et libéral.
b ☐ Il est l'ennemi de monsieur de Rênal.
c ☐ Il a fait la cour à Louise.
d ☐ Ses enfants ont un précepteur.
e ☐ Il possède la plus belle calèche de la ville.

Portrait 2 : ....

a ☐ C'est un paysan dur et entêté.
b ☐ Il possède une scierie.
c ☐ Il a trois fils.
d ☐ Il ne sait pas lire.
e ☐ Il est fou de Bonaparte.

Portrait 3 : ....

a ☐ Il est vieux.

b ☐ Il est libéral.

c ☐ C'est un homme d'église.

d ☐ Il a enseigné la théologie à Julien Sorel.

e ☐ Il a de l'estime pour Julien.

Enrichissez votre **vocabulaire**

5 Retrouvez les mots cachés en vous aidant des photos.

1 un I M R A E

2 des U L O C S

3 une S N U I E

4 l'T U A N O E M

1

2

3

4

6 Complétez la grille de mots croisés à l'aide des définitions.

1 C'est un employé de maison.
2 Dévot.
3 Il motive les habitants de Verrières.
4 Étude de la religion.
5 Contraire de *vieillesse*.
6 On s'en sert pour couper du bois.
7 Une personne qui fait la cour à quelqu'un.
8 Il travaille la terre.
9 On le porte sur la tête.

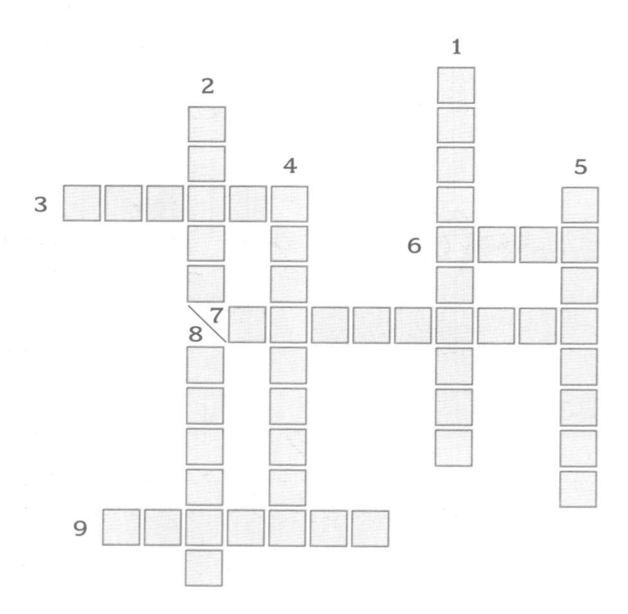

Production écrite et orale

7 DELF Présentez la ville ou le village où vous habitez. Dites ce qu'elle/il a de spécial, si vous aimez ou pas y habiter et pourquoi.

CHAPITRE 2

Julien Sorel précepteur

Madame de Rênal n'est pas vraiment heureuse à l'idée de voir arriver le nouveau précepteur. Elle l'imagine rustre [1] comme son père, et le considère un peu comme un obstacle entre elle et ses trois enfants. De son côté, Julien a peur de l'instant où il va devoir entrer dans la vie de cette nouvelle famille.

Pourtant, lorsque madame de Rênal voit pour la première fois ce jeune homme sur le pas de sa porte, ses craintes [2] disparaissent aussitôt. Julien a une attitude douce et timide. Quant à lui, il n'a jamais vu de femme aussi belle et aussi bien habillée lui parler avec un air si gentil.

1. **Rustre** : brutal.
2. **Une crainte** : inquiétude.

CHAPITRE 2

Ils sont l'un en face de l'autre et aussi émus[3] l'un que l'autre. Pour interrompre cet instant d'embarras, madame de Rênal fait d'abord entrer Julien dans la maison, puis elle lui dit :

— Vous ne serez pas trop sévère avec mes enfants, n'est-ce pas ? Même quand ils ne sauront pas leurs leçons ?

Julien, qui sent le parfum des vêtements d'été de cette femme, chose qu'aucun pauvre n'a l'occasion de sentir dans sa vie, rougit et répond avec un léger soupir :

— Ne craignez rien madame, je vous obéirai en tout.

La peur pour ses enfants ayant disparu, Louise regarde Julien attentivement et se rend compte de sa beauté. Celui-ci s'aperçoit du regard admiratif que madame de Rênal a posé sur lui. Il commence à penser qu'il pourrait lui être très utile de baiser la main de cette femme. « Cela diminuera peut-être le mépris qu'une bourgeoise provinciale peut ressentir envers les pauvres » se dit-il. Il prend sa main et la porte à ses lèvres. Madame de Rênal est très étonnée de ce geste. Pourtant, elle ne retire pas sa main.

Monsieur de Rênal, qui les a entendu parler, vient accueillir Julien. Il lui explique dans les moindres détails en quoi consiste sa nouvelle fonction. En fin d'après-midi, Julien est finalement présenté aux enfants.

— Je suis ici, messieurs, pour vous enseigner le latin. Je vais vous montrer comment réciter une leçon. Adolphe, dit-il en tendant la Bible au plus grand des trois, ouvre-la au hasard, donne-moi les premiers mots de la page, et je réciterai par cœur[4] le livre sacré jusqu'à ce que vous m'arrêtiez.

Adolphe ouvre le livre, commence à lire deux mots et Julien se met à réciter toute la page en latin. Il le fait avec la même

3. **Ému** : troublé.
4. **Par cœur** : de mémoire.

facilité que s'il avait dû réciter en français. Monsieur et madame de Rênal, les enfants et les domestiques qui assistent à la scène sont stupéfaits par le talent de Julien. Les nouvelles vont vite et le soir, tout Verrières défile chez les Rênal pour voir ce nouveau précepteur. En même temps que la gloire de Julien se diffuse, monsieur de Rênal s'inquiète en pensant que quelqu'un pourrait vouloir lui prendre ce talentueux jeune homme.

L'arrivée de Julien a rapidement changé la vie de la maison : le jeune précepteur est adoré des enfants, aimé secrètement de la jeune domestique Élisa, et envié par les hommes qui voient en lui un rival inégalable. L'attention de madame de Rênal, jusqu'alors concentrée sur ses enfants, commence à se porter aussi sur Julien. Elle voit dans ce petit paysan aussi pauvre que talentueux, une âme noble parmi les gens grossiers[5] de Verrières qui ne pensent qu'à l'argent.

Madame de Rênal, riche héritière, mariée à l'âge de seize ans à monsieur de Rênal, n'a jamais rien éprouvé[6] qui ressemble à de l'amour. Elle a quelquefois entrouvert des romans, mais il s'agit pour elle de quelque chose hors nature. À présent, complètement absorbée par Julien et parfaitement heureuse, elle ne se fait aucun reproche. Le jour où la jeune Élisa, qui vient de recevoir un bel héritage, lui avoue vouloir se marier avec Julien, elle tombe gravement malade. Elle les imagine heureux dans leur petite maison achetée grâce à l'héritage. Elle se voit séparée à jamais de la présence du jeune précepteur... et se sent devenir folle. « Ai-je de l'amour pour Julien ? » se demande-t-elle un jour.

Julien refuse la généreuse proposition de la jeune fille malgré l'intervention du prêtre Chélan. Ce dernier commence à avoir

5. **Grossier** : qui manque de finesse.
6. **Éprouvé** : ressenti.

des doutes sur les objectifs de Julien qui ne parle plus d'aller au séminaire et refuse une proposition de mariage très intéressante pour un paysan. Julien se rend compte de la déception de l'abbé. « Le seul être qui m'aime sur la terre a compris que j'ai d'autres ambitions, lui, que je ne voulais pas décevoir... » se dit-il.

Le jeune précepteur et madame de Rênal passent de plus en plus de temps ensemble et une certaine complicité naît entre eux. Tout le monde voit Louise plus heureuse. Elle semble accorder plus d'intérêt à son apparence et porte des toilettes qui mettent en valeur ses qualités physiques naturelles.

Julien profite de la douceur de vivre que lui apporte sa nouvelle situation : ses frères et son père qui le traitaient si mal et ne l'avaient jamais aimé ne sont plus qu'un mauvais souvenir. Il peut finalement, entre deux leçons données aux enfants, s'adonner à son loisir préféré : la lecture. Surtout celle des exploits de son héros, Bonaparte. Enfin, l'attitude de madame de Rênal à son égard rend aussi sa vie plus agréable.

L'été arrive et les Rênal décident d'aller à Vergy dans leur maison de campagne. Dès le premier jour, on prend l'habitude de passer les soirées sous un immense tilleul à quelques pas de la maison. L'obscurité y est profonde. Julien anime les discussions en présence de madame de Rênal et de son amie, madame Derville. Un soir, alors qu'il est assis comme à son habitude à côté de Louise, il touche sans faire exprès la main de madame de Rênal. Celle-ci la retire immédiatement. Julien veut à tout prix que cette main reste dans la sienne : elle ne doit pas se retirer. À la seconde tentative, madame de Rênal laisse sa main dans celle de Julien, qui la serre avec une force convulsive. Il est heureux car même s'il n'aime pas madame de Rênal, il a atteint son objectif : séduire une femme noble et riche. Il s'agit d'un devoir héroïque comme si Napoléon

lui-même l'avait fait.

Il est minuit, l'heure de rentrer et de quitter le jardin. Madame de Rênal vient de vivre un grand moment de bonheur, Julien vient de remporter son premier succès.

À partir de ce jour-là, dès que l'occasion se présente, Julien n'hésite pas à couvrir de baisers la main de Louise, qui commence cependant à être préoccupée par ses sentiments envers le jeune précepteur. Lorsqu'elle décide de prendre ses distances vis-à-vis de Julien, ce dernier s'imagine que c'est à cause de sa pauvreté et son origine sociale.

Monsieur de Rênal trouve que Julien prend trop de liberté et montre son mécontentement. Il estime que le jeune précepteur ne s'occupe pas suffisamment de ses enfants.

— Il faut vous lever plus tôt, lui dit-il un matin qu'il arrive en retard à la leçon.

— J'étais malade, lui dit Julien. Je pense très bien m'occuper de vos fils. Si vous n'êtes pas content, chassez-moi, je saurai où aller.

Monsieur de Rênal, qui l'imagine immédiatement devenir précepteur des enfants de son ennemi politique, monsieur Valenod, répond en balbutiant[7] :

— Je suis désolé de vous voir si agité. Je vous en prie Julien, ne nous fâchons pas. Pour vous montrer que j'apprécie votre travail, j'augmente votre salaire à partir de demain !

Julien remporte une nouvelle victoire mais l'attitude de monsieur et de madame de Rênal a un effet négatif sur son esprit. Il pense que ces gens le méprisent pour sa pauvreté. « Je hais ces gens riches » se dit-il avec une envie de vengeance.

7. **Balbutier** : prononcer avec hésitation.

Compréhension écrite et orale

1 Écoutez et lisez le chapitre, puis remettez les phrases dans l'ordre chronologique.

- a ☐ Julien ne parle plus d'aller au séminaire.
- b ☐ Julien connaît la Bible par cœur et fait l'admiration de tous.
- c ☐ Julien explique aux enfants qu'il va leur enseigner le latin.
- d ☐ Julien veut séduire Louise, femme noble et riche.
- e ☐ Louise change d'avis lorsqu'elle voit Julien.
- f ☐ Louise pense éprouver de l'amour pour Julien.
- g ☐ Louise n'est pas heureuse de voir arriver un précepteur.
- h ☐ Julien est ému d'être en présence d'une femme riche.

2 Les sentiments de Julien. Choisissez la bonne réponse.

1 Au départ, Julien a
a ☐ peur b ☐ est heureux
d'entrer dans la vie de cette nouvelle famille.

2 Quand il rencontre madame de Rênal, Julien est
a ☐ timide et doux. b ☐ gentil et timide.

3 Puis, lorsqu'il se retrouve face à elle, il se sent
a ☐ ému. b ☐ indifférent.

4 Julien veut baiser la main de Louise pour
a ☐ augmenter b ☐ diminuer son mépris.

5 Julien déçoit le prêtre Chélan à cause de
a ☐ son mariage. b ☐ ses ambitions.

6 L'objectif de Julien est de séduire une femme
a ☐ avec des nobles sentiments. b ☐ noble et riche.

7 Julien est
a ☐ ambitieux. b ☐ peureux
comme Napoléon.

8 À la fin du chapitre, Julien ressent de la haine et veut
a ☐ quitter la famille. b ☐ se venger.

3 **Les sentiments de Louise. Insérez dans l'ordre chronologique les sentiments que Louise ressent dans le texte.**

- **a** ☐ émue
- **b** ☐ étonnée
- **c** ☐ malheureuse
- **d** ☐ complice
- **e** ☐ distante
- **f** ☐ heureuse
- **g** ☐ admirative
- **h** ☐ amoureuse

4 **Associez chaque personnage à l'objet qui lui appartient.**

a Louise de Rênal **b** Napoléon **c** le prêtre Chélan
d Julien Sorel **e** les enfants de la famille Rênal **f** monsieur de Rênal

Enrichissez votre **vocabulaire**

5 Associez chaque expression à sa signification.

1 ☐ Ne craignez rien !
2 ☐ Elle ne se fait aucun reproche.
3 ☐ Elle se sent devenir folle.
4 ☐ Il profite de la douceur de vivre.
5 ☐ Il s'adonne à son loisir préféré.
6 ☐ Il le veut à tout prix.

a Sa vie est très agréable.
b N'ayez pas peur !
c Il peut se concentrer sur son activité préférée.
d Elle est très malheureuse.
e Elle ne se sent pas coupable.
f Il ferait n'importe quoi pour ça.

Grammaire

Les pronoms personnels compléments d'objet direct (COD)

*Il prend sa main et **la** porte à ses lèvres.*

Les pronoms personnels COD répondent aux questions **qui ? quoi ?**

Ils remplacent un nom ou un groupe nominal complément d'objet exprimé précédemment.

	Singulier	**Pluriel**
1ère personne	Me (m')	Nous
2e personne	Te (t')	Vous
3e personne	Le, la (l')	Les

Le pronom personnel COD se place toujours avant le verbe sauf à l'impératif affirmatif.

*Voilà la clé, prends-**la** pour ouvrir la porte !*

6 Récrivez les phrases en remplaçant les mots soulignés par un pronom personnel COD.

1 Elle considère le précepteur comme un obstacle entre elle et ses trois enfants.

....

2 Monsieur de Rênal, qui a entendu parler sa femme et Julien Sorel, vient accueillir le jeune homme.

....

3 Ouvre la Bible au hasard, et donne-moi les premiers mots de la page !

....

4 Louise imagine Julien et Élisa heureux dans leur petite maison.

....

5 Celle-ci retire sa main immédiatement.

....

6 Il s'agit d'un devoir héroïque comme si Napoléon lui-même avait fait ce devoir.

....

Production écrite et orale

7 DELF « *Il peut finalement, entre deux leçons données aux enfants, s'adonner à son loisir préféré : la lecture.* » Est-ce que la lecture fait partie de vos loisirs préférés ? Si oui, dites ce que vous ressentez quand vous lisez un bon livre ou une bande dessinée. Si non, dites quel est votre loisir préféré et expliquez ce que vous ressentez quand vous le pratiquez.

8 DELF La complicité est une entente profonde entre deux personnes. Avez-vous déjà ressenti ce sentiment ? Racontez.

CHAPITRE 3

L'ambition de Julien

Deux jours plus tard, Julien va trouver monsieur de Rênal. 

— J'ai l'honneur de vous annoncer que je serai absent pendant trois jours. Je dois aller à Verrières pour parler avec l'abbé Chélan, puis rendre visite à un ami.

— Mais bien sûr, mon cher Julien, répond le maire qui est prêt à tout pour ne pas perdre son précepteur, tout le temps que vous voulez. Vous pouvez aussi prendre le cheval du jardinier !

Sur le chemin le menant vers l'abbé, Julien respire l'air pur des montagnes. Il pense au maire de Verrières et il se dit qu'il est le digne représentant de tous les riches et de tous les insolents de la terre.

Julien lève la tête et aperçoit un épervier qui décrit un cercle

immense dans le ciel. Il suit des yeux l'oiseau de proie, et pense qu'il aimerait avoir sa force. Il ne peut s'empêcher de penser à Napoléon… Connaîtra-t-il un jour une telle destinée ?

Julien fait une courte halte chez l'abbé Chélan, puis repart en direction de la demeure de son ami Fouqué. Pendant que Julien poursuit son chemin, perdu dans ses pensées, madame de Rênal souffre chaque jour un peu plus : sa passion pour le jeune précepteur la dévore. En apprenant le départ de Julien, elle prétexte un affreux mal de tête et s'enfuit dans sa chambre pour pouvoir pleurer en liberté. « Quoi ? J'aimerais, se dit-elle, j'ai de l'amour ! Moi, femme mariée, je suis amoureuse ! Je n'ai jamais éprouvé ce sentiment pour mon mari. Je n'arrive pas à détacher mes pensées de Julien. Mais cette folie sera passagère ! »

Julien monte dans la montagne qui dessine la vallée du Doubs. Il voit devant lui s'étendre les plaines fertiles de la Bourgogne et du Beaujolais. Il découvre une petite grotte sous un rocher. Il entre et pense les yeux brillants de joie : « Ici, personne ne pourra me faire de mal et je suis libre ! ». Enfin, il arrive dans la vallée solitaire où habite son seul et unique ami, un jeune marchand de bois.

Il est une heure du matin. Fouqué est en train de faire ses comptes. C'est un jeune homme très grand, aux traits durs et avec un nez qui n'en finit plus, mais son aspect un peu repoussant[1] est plein de bonhommie.

Celui-ci est sincèrement content de voir Julien mais aussi un peu étonné de sa visite.

— Tu t'es disputé avec ton monsieur de Rênal pour venir me trouver à l'improviste ? lui dit-il.

Julien commence à raconter sa nouvelle vie à son ami.

1. **Repoussant** : très laid.

CHAPITRE 3

— Reste avec moi, lui dit Fouqué pour conclure la soirée, tu tiendras mes comptes. On peut devenir associés.

Mais Julien a plus d'ambition, il ne veut pas travailler dans une cabane de bois avec son ami Fouqué pour seul compagnon. Non, lui, il veut Paris et une femme plus belle, plus riche et plus intelligente que toutes celles qu'il a vues jusqu'à présent. Il aimera avec passion, et il sera aimé en retour. Napoléon n'aurait jamais accepté une offre aussi médiocre !

Julien cherche une réponse à donner à son ami : il ne veut pas le blesser, mais il voudrait aussi être sincère avec lui. Le lendemain matin, heureux d'avoir trouvé une excuse, il annonce à son ami Fouqué :

— Désolé de ne pouvoir accepter ton offre, mais ma vocation de curé ne peut me permettre d'accepter.

Fouqué est très étonné.

— Je te propose de devenir mon associé et de gagner de l'argent car mon commerce de bois rapporte, et toi, tu veux retourner chez ton Rênal qui te méprise comme la boue de tes souliers [2] ? Gagne d'abord de l'argent et puis après tu iras au séminaire si c'est vraiment ce que tu veux...

Mais rien ne peut faire changer d'avis Julien. Le jour suivant, il repart pour Vergy. Sur le chemin, il s'arrête de nouveau dans la grotte. Mais il n'est plus aussi serein qu'à l'aller : doit-il accepter la médiocrité et le bien-être que lui propose son ami ou suivre ses rêves héroïques ?

Pendant l'absence de Julien, Louise se fait faire une robe d'été choisie avec soin. Lorsqu'elle la met pour l'arrivée du jeune précepteur, madame Derville n'a plus de doute : « Elle aime le

2. **Soulier** : chaussure.

jeune Sorel ! » se dit-elle. Le soir, sous le tilleul, le précepteur est de nouveau en compagnie de madame de Rênal et de madame Derville. « Cette dernière n'est pas mal non plus, pense-t-il, et puis elle au moins ne me méprise pas ». Il est prêt à lui faire la cour lorsque madame de Rênal, assise à côté de lui, saisit sa main. Julien est heureux et flatté dans son ambition. « Après tout, peut-être que cette femme-là m'aime » se dit-il. Après avoir longuement hésité, madame de Rênal se penche à l'oreille de Julien et lui dit d'une voix tremblante :

— Vous ne nous quitterez jamais, n'est-ce pas ?

Alors Julien saisit l'occasion pour lui annoncer à mi-voix :

— Il le faudra bien car je vous aime avec passion, et c'est une faute pour un futur curé...

« Si cette femme a saisi ma main elle ne peut pas me mépriser, pense Julien, je dois donc devenir son amant ! » Il ignore cependant que pour madame de Rênal, c'est la bravoure et le génie qui comptent, pas l'origine sociale. Elle voit l'âme de Julien plus noble que celle de tous les hommes qu'elle connaît. Même si Louise est chaque jour plus éprise[3] de Julien, elle se fait la promesse de n'être que son amie et de rester fidèle à son mari.

Minuit sonne. Au risque de se faire surprendre par madame Derville, Julien chuchote à l'oreille de madame de Rênal : « Madame, cette nuit à deux heures, j'irai dans votre chambre, j'ai quelque chose à vous dire ». Madame de Rênal ne s'attend pas à une telle proposition de la part de Julien. Elle se sent d'abord offusquée[4] par autant de brusquerie, puis elle se dit : « C'est l'amour qui rend maladroit cet homme si talentueux ! ».

Comme c'est dur pour Julien de vouloir jouer les héros et de

3. **Épris** : amoureux.
4. **Offusqué** : choqué.

devoir séduire les femmes ! À deux heures, sans savoir si madame de Rênal va le laisser entrer, il se glisse [5] dans le couloir jusque dans sa chambre. Sa main tremble en ouvrant la porte. Il aperçoit la faible lueur d'une bougie. Madame de Rênal le voit entrer et se jette hors de son lit.

— Malheureux ! s'écrie-t-elle.

Elle tente d'abord de le chasser puis, après quelques tentatives, elle cède : comment peut-elle repousser ce jeune homme qui s'est jeté à ses genoux et s'est mis à pleurer ? Alors que madame de Rênal essaie de résister à cet élan d'amour, Julien n'agit que pour répondre à son devoir : celui du héros auquel une femme ne peut résister.

Lorsqu'il sort de la chambre au petit matin, madame de Rênal se sent prise entre les remords et les transports d'amour qu'elle ressent pour Julien. Elle imagine aussi les obstacles qui les séparent : « Hélas ! Je suis bien vieille pour lui ; j'ai dix ans de plus. Comment peut-il m'aimer ? Si j'avais connu Julien il y a dix ans, sans doute me trouverait-il encore jolie... ».

Le jeune homme prend l'habitude de venir trouver madame de Rênal toutes les nuits. Quand il oublie son rôle de héros, il réussit à être éperdument amoureux de Louise. « C'est un ange, pense-t-il, et puis elle est si jolie. »

5. **Se glisser** : ici, marcher discrètement.

Compréhension écrite et orale

1 Écoutez et lisez le chapitre, puis indiquez les phrases correctes. Ensuite, corrigez celles qui sont fausses.

1 ☐ Julien annonce qu'il part trois jours.

....

2 ☐ Le maire est content de perdre son précepteur.

....

3 ☐ Julien pense que le maire est comme les autres riches.

....

4 ☐ Le jeune homme espère ne pas avoir la même destinée que Napoléon.

....

5 ☐ Mme de Rênal est heureuse d'être amoureuse de Julien.

....

6 ☐ Julien veut rendre visite à son ami Fouqué.

....

7 ☐ Le jeune homme accepte de travailler avec Fouqué.

....

8 ☐ Parfois, Julien aime madame de Rênal.

....

2 Complétez le résumé avec les mots proposés.

ambition	**destinée**	**ami**	**montagne**
amour	**s'associer**	**amant**	**riche**

Julien s'absente quelques jours pour aller trouver son (**1**) .... Fouqué qui habite dans la (**2**) .... Ce dernier lui propose de rester et de (**3**) .... avec lui mais Julien, qui rêve d'une grande (**4**) ...., refuse son offre. De retour à Vergy, madame de Rênal montre son (**5**) .... à Julien. Celui-ci est flatté dans son (**6**) .... d'être aimé par une femme (**7**) .... et noble. Julien réussit à devenir l'(**8**) .... de madame de Rênal.

Enrichissez votre **vocabulaire**

3 Dites à quel sentiment se rapporte chacune des phrases suivantes.

- **a** L'espoir
- **b** La souffrance
- **c** L'amour
- **d** La sérénité
- **e** L'ambition

1 ☐ Napoléon n'aurait jamais accepté une offre aussi médiocre.

2 ☐ Sa passion pour le jeune précepteur la dévore.

3 ☐ Elle voit l'âme de Julien plus noble que celle de tous les hommes qu'elle connaît.

4 ☐ Il suit des yeux l'oiseau de proie, et pense qu'il aimerait avoir sa force. Connaîtra-t-il un jour une telle destinée ?

5 ☐ Ici, personne ne pourra me faire de mal et je suis libre !

4 À l'aide du texte, complétez les définitions, puis dites à quel personnage de l'histoire elles se rapportent : Louise (L), Julien (J) ou Fouqué (F).

		L	J	F
1	Il est aimable et bon : il est plein de _ _ _ H _ M _ _.	☐	☐	☐
2	Il fait des calculs : il fait ses _ _ _ _ T _ S.	☐	☐	☐
3	Dans cet endroit, on ne peut pas le faire souffrir : personne ne peut lui faire de _ _ L.	☐	☐	☐
4	Elle pense tout le temps à Julien : elle n'arrive pas à _ É _ _ _ H _ _ ses pensées de lui.	☐	☐	☐
5	Il veut séduire madame de Rênal : il veut lui faire la _ O _ _.	☐	☐	☐
6	Il pense qu'elle le considère indigne d'intérêt : elle le _ _ _ _ _ E.	☐	☐	☐

5 Julien a un parcours semé d'éléments symboliques. À l'aide de l'encadré, écrivez la légende sous les photos. Attention, des intrus se sont glissés dans la liste.

L'amour L'espoir La haine
L'abri et la sérénité La souffrance La médiocrité

Production écrite et orale

6 DELF Julien refuse l'offre de son ami Fouqué parce qu'il a de l'ambition. Le jeune homme est poussé par le désir de réussir pour s'élever socialement. Avez-vous, vous aussi, le désir de réussir dans un domaine ? Dites lequel et expliquez ce qui vous motive (la passion, l'amour propre, l'argent, etc.).

COIN CULTURE

L'instruction et les précepteurs au XIXe siècle

Au début du XIXe siècle, le précepteur est celui qui assure l'instruction des fils au sein des familles nobles : avoir un précepteur, c'est assurer le contrôle de l'éducation familiale et affirmer sa distinction. Parfois, par souci d'économie, certaines familles ont recours aux maîtres qui donnent à domicile des cours de musique, de danse, de dessin, etc. Le précepteur est considéré comme un domestique même s'il fait partie de l'élite de la domesticité : ses manières doivent être aussi bonnes que son instruction et ses mœurs. Son salaire est supérieur à celui des autres domestiques et il mange à la table des maîtres. Le choix du précepteur est donc à la fois un enjeu financier, éducatif et mondain.

Pour être certaines de faire le bon choix, les familles nobles cherchent leurs précepteurs surtout dans les séminaires.
Pendant ce temps-là, l'éducation se démocratise et les écoles se multiplient, mais il faudra attendre la fin du XIXe siècle et les lois de Jules Ferry, pour que tous les enfants, de 6 à 13 ans, aient accès à l'instruction (laïque, obligatoire et gratuite).

7 DELF Lisez le texte, puis répondez aux questions.

1. Qui assure l'instruction des fils des familles nobles ?
2. Pourquoi les familles nobles ont-elles recours à un précepteur ?
3. Pourquoi fait-on parfois appel à des maîtres ?
4. Le précepteur est-il un domestique comme les autres ? Pourquoi ?
5. Où sont recrutés les précepteurs ?
6. Quelles sont les lois qui vont permettre à l'éducation de se démocratiser ?

La ville de Besançon

Les deux lieux les plus importants du roman sont Verrières, où Julien Sorel vit, et Besançon, où il effectuera son séminaire. La petite ville de Verrières n'existe pas, elle a été inventée par l'écrivain. En revanche, Besançon se situe au cœur de la région Franche-Comté, dans l'est de la France. La rivière qui la traverse s'appelle le Doubs.

Quelques notions géographiques et démographiques

La ville compte environ 116 000 habitants, c'est la 32e ville de France par sa population. Ses habitants s'appellent les Bisontins.
Besançon est la capitale de la région Franche-Comté.
Elle est située entre la région montagneuse du massif du Jura et les plaines fertiles franc-comtoises. Elle se trouve dans la vallée du Doubs, à 90 km de Dijon (en Bourgogne) et de Belfort (en Alsace).

Une ville labellisée et bien protégée...

Grâce à son riche patrimoine historique et culturel et à son architecture, Besançon possède le label *Villes et pays d'Art et d'Histoire* depuis 1986, et ses fortifications dues à Vauban figurent sur la liste du Patrimoine mondial de l'Unesco depuis 2008.

Depuis la fondation d'un *oppidum gaulois* (lieu élevé, fortification), la cité n'a cessé de se développer et de s'agrandir avant de devenir un centre culturel, militaire et économique de premier ordre.

Avec 186 édifices protégés au titre des monuments historiques en 2011, Besançon arrive en 12e position des communes comptant le plus de monuments classés.

- Qu'est-ce qu'un label Villes et Pays d'Art et d'Histoire ?

- C'est un label officiel attribué depuis 1985 par le ministère de la Culture et de la Communication aux communes ou pays de France qui s'engagent dans une politique d'animation et de valorisation de leurs patrimoines bâti, naturel et industriel ainsi que de l'architecture. Cela implique un soutien financier et technique de la part du ministère et comporte l'obligation, pour les collectivités, de recourir à un personnel qualifié (comme les animateurs du patrimoine et les guides-conférenciers).

Au 27 novembre 2012, on reconnaît 167 villes et pays d'art et d'histoire en France.

La Citadelle de Besançon.

La Citadelle et le patrimoine militaire de la ville

La majeure partie du système de fortification actuel (citadelle, enceinte urbaine composée des remparts et des bastions, fort Griffon) est l'œuvre de l'architecte Vauban. En effet, au XVIIe siècle, Louis XVI décide de faire de Besançon une place importante du système de défense de l'Est de la France et confie à Vauban le soin d'adapter la ville à sa nouvelle fonction.

Avec plus de 250 000 visiteurs par an, la citadelle constitue le site le plus visité de Franche-Comté. Elle s'étend sur 11 hectares au sommet du Mont Saint-Étienne à une altitude comprise entre 330 et 370 mètres. Elle regroupe en son sein un musée de la Résistance et de la Déportation, un musée de la vie comtoise, le service régional de l'archéologie et un zoo. Elle est le symbole de la ville.

L'industrie de l'horlogerie et la vocation thermale

À la suite de la création en 1793 d'une manufacture d'horlogerie par un groupe de réfugiés helvétiques expulsés de Suisse pour leurs activités politiques, l'industrie de l'horlogerie s'installe dans la ville.

À la fin du XIXe siècle, la ville s'invente une vocation thermale en créant en 1890, la Compagnie des Bains Salins de la Mouillère. Le tourisme se développe et engendre la construction d'un établissement thermal, de l'hôtel des bains et d'un casino.

Compréhension écrite

1 Lisez le dossier, puis complétez la fiche sur Besançon.

Le nombre d'habitants	
Le nom des habitants	
Le nom de la rivière	
Le nom du label	
Le nom du massif le plus proche	
Le nom de l'architecte des fortifications	
Le site le plus visité de Franche-Comté	
La spécialité industrielle de la ville	
La vocation de la ville au XIXe siècle	

CHAPITRE 4

Le départ

L'amour que Julien porte à madame de Rênal est encore en partie dicté par l'ambition : lui, si pauvre et si malheureux, a le bonheur de posséder une femme si noble et si belle ! Dans les moments d'adoration de Julien, Louise réussit à oublier la différence d'âge qui les sépare. « J'aurais pu épouser cet homme ! pense-t-elle quelquefois. Quelle passion, quelle vie magnifique j'aurais eue avec lui ! » Julien, quant à lui, se laisse aller à son bonheur : « Il est impossible qu'à Paris je trouve quelque chose de plus beau ! »

Madame Derville en revanche ne partage pas les sentiments des deux amants. Désespérée par ce qu'elle a deviné, elle essaie de donner de sages conseils à son amie Louise. Voyant que toute

réflexion devient odieuse à madame de Rênal, elle décide un matin de quitter Vergy sans donner d'excuse. Sur le moment, Louise est triste de voir partir son amie et verse quelques larmes. Mais elle est vite consolée car elle peut maintenant passer ses journées en tête à tête avec Julien. Ainsi madame de Rênal ne voit plus d'obstacle à son amour pour le jeune homme. Et pour Julien, quel bonheur d'être aimé et d'aimer, lui qui ne l'avait jamais été !

Tout va pour le mieux, lorsqu'un petit événement vient mettre un frein à ce bonheur. Un soir, alors que Julien se trouve en compagnie de Louise, il se laisse aller à voix haute à ses réflexions politiques.

— Napoléon est irremplaçable, dit-il.

La réaction de madame de Rênal ne se fait pas attendre.

— Eh bien, ne vous mêlez pas de politique, lui dit-elle sur un ton glacial.

Pour Julien c'est sa première désillusion : « Elle est douce, elle m'aime, mais je ne dois pas oublier qu'elle a été élevée dans le camp ennemi » pense-t-il.

Quelque temps après le départ de madame Derville, un autre événement vient changer de manière radicale le cours des événements : le plus jeune des enfants, Stanislas-Xavier, tombe malade. Madame de Rênal se sent complètement envahie par les remords. Elle se reproche son amour pour Julien et se sent coupable vis-à-vis de son mari.

— Fuyez-moi, partez Julien, quittez cette maison ! C'est votre présence qui tue mon fils. Moi, de mon côté, je dois avouer mon crime : c'est le seul moyen pour sauver mon enfant et me faire pardonner aux yeux de tous...

— Je vous en prie, lui répond Julien, ne dites rien à personne. Si vous m'aimez encore, ne parlez pas. Cela ne servirait à rien. Vos paroles ne pourront pas faire baisser la fièvre de notre Stanislas. Votre mari nous chassera, Louise !

Madame de Rênal pense que pour apaiser la colère du ciel, elle doit soit haïr Julien, soit voir mourir son fils. Et c'est parce qu'elle sent qu'elle ne peut pas haïr son amant, qu'elle est si malheureuse. Julien est vraiment touché : « Elle croit tuer son fils en m'aimant, et cependant la malheureuse m'aime plus que son fils. Voilà de la grandeur dans les sentiments. Je me demande comment j'ai pu inspirer un tel amour, moi si pauvre, et parfois si grossier dans mes manières. »

Ces événements finissent par rapprocher Julien et Louise. Cependant leur bonheur est désormais d'une nature bien supérieure. La flamme qui les dévore est plus intense que jamais, comme si ce bonheur prenait quelquefois la physionomie du crime. « Je vois l'enfer » dit-elle par moment en serrant Julien encore plus fort contre elle.

« Elle a beau être noble et moi fils d'ouvrier, elle m'aime... » pense alors Julien.

À peine Stanislas se remet-il de sa maladie qu'un autre malheur arrive. Élisa, la jeune domestique qui avait proposé à Julien de se marier et avait été éconduite par ce dernier, comprend que Julien et madame de Rênal sont amants. « Voilà pourquoi il a refusé de m'épouser ! se dit-elle. Quand je pense que je suis allée demander des conseils à madame de Rênal ! »

Par esprit de vengeance contre Julien et sa maîtresse, Élisa décide d'en parler autour d'elle. Mais cela ne lui suffit pas : elle va trouver monsieur Valenod, l'ennemi des Rênal.

— Si vous saviez, monsieur Valenod ce qui se passe chez les Rênal...

CHAPITRE 4

— Que se passe-t-il Élisa ?

— J'ai des choses à vous révéler qui vont sûrement vous intéresser.

— Je vous écoute ma chère Élisa, répond-il, parlez et vous serez récompensée...

La jeune domestique lui révèle la relation qu'entretiennent Louise et Julien. Monsieur Valenod est très touché dans son orgueil. Lui, bourgeois et riche, a été repoussé par madame de Rênal, alors qu'un petit ouvrier déguisé [1] en précepteur est devenu son amant. Cette femme si fière ose lui préférer un jeune homme pauvre et l'aimer avec passion. Monsieur Valenod pense lui aussi à se venger.

Le soir-même, monsieur de Rênal reçoit une lettre anonyme qui décrit dans les détails ce qui se passe chez lui. Il lit cette lettre alors qu'il est assis en compagnie de sa femme et de Julien. Il devient pâle et lance des regards méchants aux deux amants. Au moment de quitter Louise pour aller dans sa chambre, Julien réussit à lui dire :

— Ne nous voyons pas ce soir, votre mari a des soupçons. Je suis sûr que la lettre qu'il lisait à table est une lettre anonyme. Il nous regardait avec des yeux terribles.

Monsieur de Rênal est en colère mais il est en même temps rongé par le doute. Il ne sait pas comment réagir : doit-il croire ce qu'il y a d'écrit dans cette lettre anonyme, ou doit-il l'ignorer ? « Comment savoir la vérité ? se demande-t-il, tout Verrières va se moquer de moi si je n'agis pas. »

Louise pense que Julien doit partir avant qu'il ne soit trop tard.

— Il faut prendre les devants, Julien, c'est le seul moyen

1. **Déguisé** : ici, caché sous une autre apparence pour tromper.

d'affronter ces rumeurs. Il faut que vous quittiez la maison. Retournez à Verrières et allez chez les Valenod, faites-vous engager comme précepteur de leurs enfants, c'est ce que Valenod veut. De mon côté, je vais convaincre mon mari que c'est Valenod qui a écrit cette lettre anonyme pour se venger de lui, de vous et de moi.

Alors que Louise se convainc qu'il s'agit de la meilleure solution pour faire taire les rumeurs et rester proche de son amant, Julien est appelé à se rendre à Verrières auprès de l'abbé Chélan. Ce dernier a entendu les révélations d'Élisa et désire absolument parler à Julien.

Le jeune précepteur quitte Vergy et se rend à Verrières. Lorsqu'il se retrouve face à l'abbé, celui-ci le regarde droit dans les yeux.

— Je ne vous demande rien, Julien, lui dit-il, je ne sais pas si cette rumeur est fondée ou pas et je ne veux pas le savoir. Je vous ordonne seulement de partir immédiatement pour le séminaire de Besançon. J'ai déjà tout prévu, tout arrangé, mais il faut partir et ne pas revenir avant un certain temps. Le temps que les rumeurs se taisent et que vous décidiez pour votre avenir.

Julien reste silencieux. Il attend la fin de la rencontre et s'enfuit à Vergy pour retrouver Louise.

Compréhension écrite et orale

1 DELF Écoutez et lisez le chapitre, puis associez chaque question à sa réponse.

1 ☐ Pourquoi Louise se console-t-elle rapidement du départ de son amie ?
2 ☐ Quelle est l'origine de la première désillusion de Julien ?
3 ☐ Quelle est la réaction de Louise quand elle voit que son fils est malade ?
4 ☐ Pourquoi Louise est-elle si malheureuse ?
5 ☐ Que découvre Élisa ?
6 ☐ Que décide de faire monsieur Valenod pour se venger ?
7 ☐ Quelle est l'idée de Louise pour sortir de cette situation ?
8 ☐ Qu'est-ce que l'abbé Chélan demande à Julien ?

a C'est la réaction de madame de Rênal quand il parle de Napoléon.
b Parce qu'elle n'arrive pas à haïr son amant.
c Elle se sent coupable.
d Elle propose à Julien d'aller travailler chez monsieur Valenod.
e Il lui demande de partir pour le séminaire.
f Il envoie une lettre anonyme à monsieur de Rênal.
g Elle se rend compte que Julien et Louise sont amants.
h Parce qu'elle peut passer ses journées en tête-à-tête avec son amant.

2 Classez par ordre chronologique les événements importants du chapitre.

a ☐ Élisa se venge.
b ☐ Monsieur de Rênal reçoit une lettre anonyme.
c ☐ Madame de Rênal réagit mal quand Julien parle de Napoléon.
d ☐ Stanislas-Xavier tombe malade.
e ☐ Madame Derville quitte Vergy.
f ☐ Julien s'enfuit de Verrières pour retrouver Louise.

Enrichissez votre **vocabulaire**

3 À l'aide des photos, complétez les expressions du chapitre.

1 « Ne plus voir d'....... sur sa route » signifie « éliminer les difficultés qui se présentent ».

2 « Être en .... à tête avec quelqu'un », c'est être seul avec quelqu'un.

3 « Verser des .... » signifie « pleurer ».

4 « Faire baisser la .... » , signifie « faire baisser la température ».

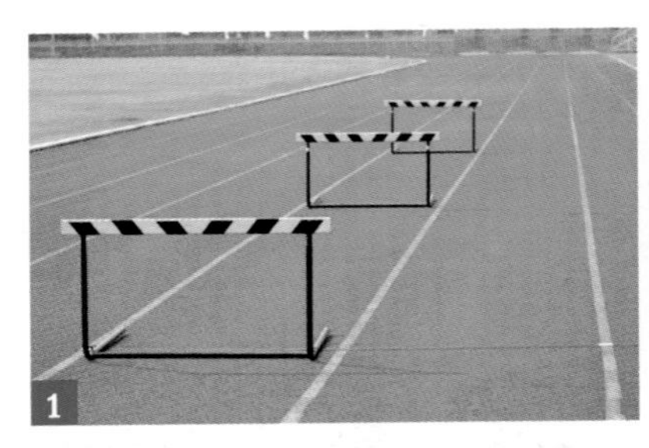

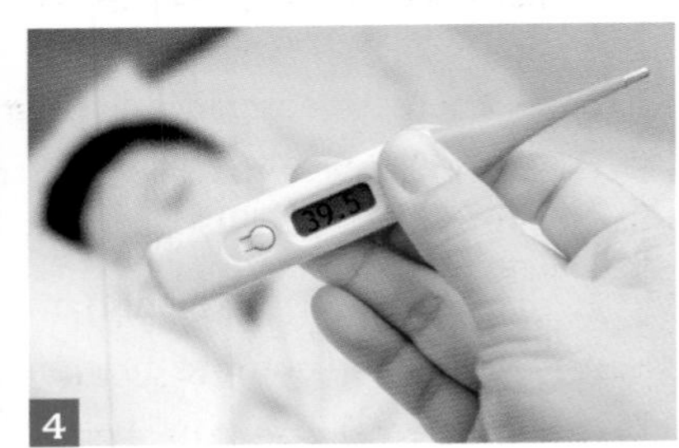

4 Dites si les expressions ou les mots suivants sont des synonymes (S) ou des antonymes (A).

		S	A
1	épouser quelqu'un / se marier	☐	☐
2	odieux / désagréable	☐	☐
3	un ami / un ennemi	☐	☐
4	irremplaçable / inoubliable	☐	☐
5	radical / inefficace	☐	☐
6	un remord / un regret	☐	☐

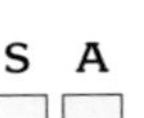

Production écrite et orale

5 ***« C'est Valenod qui a écrit cette lettre anonyme pour se venger de lui, de vous et de moi. »* Est-ce que vous pensez que Valenod a mal agi ? Expliquez pourquoi.**

COIN CULTURE

Délateurs, lettres anonymes et corbeaux...

En France, les personnes qui utilisent des lettres anonymes pour faire de la délation sont appelés des « corbeaux ». Pourquoi ? D'abord en raison du mythe d'Esculape, premier médecin de l'humanité, fils du dieu Apollon et de la mortelle Coronis. Cette dernière était enceinte d'Esculape, et trompait son mari Apollon avec un mortel. C'est un corbeau, animal blanc à l'époque, qui a dénoncé anonymement l'adultère. Pour se venger, Apollon a assassiné Coronis, qui a mis au monde Esculape avant de mourir, et il a décidé de punir le corbeau pour sa mauvaise action en rendant son plumage noir à tout jamais.
Cette expression provient aussi d'un fait divers qui a eu lieu vers 1917 dans la ville de Tulle, en Corrèze. Une véritable « épidémie » de lettres anonymes s'abat alors sur la ville : tout le monde est visé et tout le monde finit par suspecter tout le monde. Cette épidémie durera plus de 3 ans avant qu'on ne trouve l'auteur. La responsable n'est autre qu'une femme de 30 ans, Angèle Laval : elle voulait se venger d'une déception amoureuse et faire souffrir les autres comme elle avait souffert. La presse se déchaîne, et lors de son procès, un journaliste la compare à un oiseau funèbre, un corbeau.

6 Lisez le texte, puis complétez les phrases.

1 .... est le premier médecin de l'humanité.

2 .... trompait son mari avec un mortel.

3 .... a donné un plumage noir au corbeau pour le punir de sa mauvaise action.

4 Une épidémie de .... s'abat sur la ville de Tulle.

5 La coupable n'est autre qu'.., une femme de 30 ans.

6 Elle est surnommée .... car elle ressemble à un oiseau funèbre.

6 **7 Écoutez l'enregistrement, puis indiquez les phrases correctes. Ensuite, corrigez celles qui sont fausses.**

1 ☐ Le fait divers de Tulle a inspiré un scénariste.

....

2 ☐ Son script s'appelle « L'œil du tigre ».

....

3 ☐ Le cinéaste qui a réalisé le film s'appelle Louis Chavance.

....

4 ☐ Le film « Le Corbeau » est réalisé pendant l'Occupation.

....

5 ☐ Il décrit l'univers horrible de la France de Vichy.

....

6 ☐ Le succès du film fera passer le mot « corbeau » dans le langage courant.

....

CHAPITRE 5

Au séminaire

Julien annonce à madame de Rênal ce que l'abbé lui a ordonné de faire. Louise est désespérée mais sait que se séparer momentanément de son amant est devenu indispensable : « Loin de moi, Julien va retrouver ses projets d'ambition, mais c'est si naturel lorsqu'on n'a rien ! Moi, je suis si riche ! Et pourtant si malheureuse ! Il m'oubliera, et aimable comme il est, il sera vite aimé. »

Julien, lui, est étonné car lorsqu'il a annoncé la terrible nouvelle de son départ à sa maîtresse, il l'a trouvée froide et distante. Il ne sait pas que madame de Rênal fait des efforts pour dominer son malheur et ne pas pleurer.

— Nous devons être forts, mon ami, lui dit-elle, tout en coupant une mèche de ses cheveux qu'elle met ensuite dans un petit écrin

et donne à son amant. Je ne sais pas ce que je vais devenir, mais si je meurs, promets-moi de t'occuper de mes enfants. Tu as été si important pour eux.

Louise est sûre qu'elle ne reverra plus jamais Julien.

— Adieu, mon ami ! Ce sont nos derniers moments.

— Je partirai, ils le veulent et vous le voulez, mais dès que je pourrai, je reviendrai vous voir la nuit.

Comme Julien lui donne la certitude qu'il reviendra, madame de Rênal se sent un peu plus rassurée. Le départ de son amant est ainsi plus facile à accepter. Au contraire, Julien interprète l'attitude de madame de Rênal comme un manque d'amour à son égard, il n'arrive pas à la comprendre.

Le jour du départ, il lui dit sur un ton de reproche :

— Vous montreriez plus d'amitié sincère à une simple connaissance.

Madame de Rênal est pétrifiée devant l'incompréhension de Julien. « Il est impossible d'être plus malheureuse, j'espère que je vais mourir » se dit-elle.

— Nous voici arrivés à cet instant que vous avez tant souhaité Louise, nos adieux, ajoute le jeune homme. Vous pourrez vivre sans remords. Et si vos enfants tombent malade, vous ne les verrez plus mourir à cause de moi.

Puis il prend madame de Rênal dans ses bras, mais le corps de sa maîtresse est sans chaleur comme celui d'un cadavre vivant.

Julien quitte Vergy pour se rendre au séminaire de Besançon comme le lui avait ordonné l'abbé Chélan. Il est très ému, mais à quelques kilomètres de Verrières où il laisse tant d'amour, Julien ne songe déjà plus qu'au bonheur de découvrir une grande ville comme Besançon.

Avant d'aller s'enfermer au séminaire, Julien veut admirer

les remparts et la citadelle de la ville. Il reste plusieurs heures à regarder les canons, la hauteur des murs, la profondeur des fossés. Le spectacle est magnifique.

Enfin, il se rend au séminaire. Au loin, il aperçoit la croix de fer dorée sur la porte. Il s'approche lentement : « Voilà donc cet enfer sur la terre dont je ne sortirai peut-être jamais ! ». Il sonne. Au bout de dix minutes, un homme pâle vêtu de noir vient lui ouvrir. Julien n'ose pas le regarder ni lui parler. Il représente pour lui l'incarnation de l'antipathie et l'insensibilité parfaite. Sa longue figure dévote semble indiquer le mépris pour tous les mots qui n'auraient pas de rapport avec le ciel.

Après avoir suivi l'homme à travers un dédale de couloirs, Julien arrive finalement auprès du directeur du séminaire, l'abbé Pirard. Ce dernier est assis à son bureau et fait mine de ne pas remarquer la présence du jeune homme au moment où ce dernier entre dans la pièce. Après quelques minutes d'attente qui semblent durer une éternité, l'abbé lève les yeux vers Julien.

— Voulez-vous approcher ? lui dit-il sévèrement.

Julien est très intimidé par ce personnage à l'air austère.

— Vous m'êtes recommandé par Chélan, mon ami depuis trente ans. Voici sa lettre.

L'abbé Pirard la lit à voix haute :

Cher Ami,

je vous adresse Julien Sorel, que j'ai baptisé il y a vingt ans. Il est fils d'un charpentier riche mais qui ne lui donne rien. Julien sera un élève remarquable pour servir le seigneur. Il est intelligent et possède une excellente mémoire. Est-ce que sa vocation durera ? Est-ce qu'elle est sincère ?

CHAPITRE 5

— Comme l'abbé Chélan est mon ami, vous bénéficiez de ma protection. Attention, cela signifie que je ferai plus attention à vous et que je serai encore plus sévère...

Au fur et à mesure que l'abbé interroge Julien sur ses connaissances en latin et sur différentes questions théologiques, le ton de sa voix et de l'entretien devient plus amical.

Au cours des jours suivants, le directeur du séminaire se rend compte que Julien est le plus noble et le plus savant des trois cent vingt et un paysans qui constituent son séminaire. L'abbé commence à éprouver une véritable amitié pour ce jeune homme plein de talent.

Au contraire, plus le temps passe et plus Julien se rend compte qu'il ne se plaît pas au séminaire : s'il est de même origine sociale que tous ses compagnons, il se sent très différent d'eux.

« Eh bien ! J'ai assez vécu pour dire que différence engendre haine ! » se dit-il un matin après avoir essayé de se lier d'amitié avec un de ses compagnons séminaristes.

Sa manière d'être, son talent, et l'intérêt que lui porte l'abbé Pirard finissent par isoler complètement Julien. Ses compagnons sont jaloux et l'envient : il n'est décidément pas aimé ! Il se sent seul comme une barque abandonnée au milieu de l'Océan.

L'abbé Pirard, qui s'intéresse au sort de son jeune ami, rencontre un jour à Paris le marquis de La Mole. C'est un homme très riche mais pas avare qui cherche une personne pour s'occuper des affaires de son domaine.

— J'ai dans mon séminaire, lui dit l'abbé Pirard, un pauvre jeune homme, qui je crois, est persécuté [1]. Il n'est pas aimé des autres

1. **Persécuter** : tourmenter par des traitements injustes.

séminaristes. C'est un garçon plein de talent, il peut aller très loin. Peut-être pourrait-il faire l'affaire ?

— D'où sort ce jeune homme ? demande le marquis.

— Il est fils de charpentier mais je ne suis pas sûr de ses origines, il a peut-être eu dans sa famille un ancêtre riche. Il a de l'énergie, de l'intelligence. Selon moi, il faut tenter. Il s'appelle Julien Sorel.

— Pourquoi pas ? Il semble adapter à la fonction de secrétaire, répond le marquis.

De retour à Besançon, l'abbé Pirard raconte à Julien l'entretien qu'il a eu avec le marquis de La Mole. Il lui propose donc de quitter le séminaire pour aller s'occuper des affaires du marquis à Paris et devenir son secrétaire.

Julien est heureux : « Ah finalement, se dit-il, je vais paraître sur le théâtre des grandes choses ». Quel bonheur pour Julien de se rendre à la capitale où une grande vie l'attend.

Compréhension écrite et orale

1 Écoutez et lisez le chapitre, puis dites si on parle de Louise (L) ou de Julien (J).

		L	J
1	Il/Elle est désespéré(e) mais il/elle sait que la séparation est inévitable.		
2	Il/Elle lui reproche sa froideur.		
3	Il/Elle lui reproche de penser que c'est de sa faute si les enfants tombent malades.		
4	Il/Elle fait des efforts pour dominer son malheur.		
5	Il/Elle tente de cacher ses sentiments pour ne pas rendre la situation plus difficile.		
6	Il/Elle est malheureux(-se) car l'autre ne le/la comprend pas.		
7	Il/Elle pense qu'il/elle veut son départ pour ne plus avoir de remords.		
8	Il/Elle pense qu'il/elle ne l'aime pas alors que c'est pour le/la sauver qu'il/elle agit ainsi.		

2 DELF Dites si les affirmations sont vraies (V) ou fausses (F).

		V	F
1	Julien part de Vergy pour aller au séminaire.		
2	Il n'arrive pas à oublier Louise.		
3	Il pense que le séminaire, c'est le paradis.		
4	L'accueil au séminaire est très chaleureux.		
5	Au cours de l'entretien, l'abbé Pirard devient plus amical.		
6	Julien ne se plaît pas au séminaire.		
7	Le marquis de La Mole cherche quelqu'un pour s'occuper des affaires de son domaine.		
8	Julien est heureux de quitter le séminaire et d'aller à Paris.		

3 Complétez le tableau sur les défauts et les qualités des personnages du chapitre.

	Louise	Julien	L'abbé Pirard	Le marquis
1 Il/Elle a du talent.				
2 Il/Elle est riche et généreux(-se).				
3 Il/Elle est persécuté(e).				
4 Il/Elle est malheureux(-se).				
5 Il est sévère et amical.				

Enrichissez votre **vocabulaire**

4 Trouvez les mots correspondant aux définitions.

1 Être très malheureux. Être D _ _ _ S _ _ _ _
2 Être agréable, charmant. Être _ I _ _ B _ _
3 Être paralysé par l'émotion. Être _ É _ _ I F _ É
4 Être gêné, perdre de son assurance. Être I _ _ I _ _ D É
5 Qui a l'air rigide, froid. _ U _ T _ _ _
6 Qui sait beaucoup de choses. S _ V _ _ _
7 Sentiment par lequel on juge quelque chose indigne d'estime, d'attention. M _ _ _ _ S
8 Une conversation suivie, une rencontre. Un E _ _ _ _ T _ _ N

5 Complétez les phrases à l'aide des photos.

1 Le collier est précieusement conservé dans un ....
2 Nous nous sommes perdus dans ce .... de sentiers.
3 C'est rare de voir encore des .... labourer la terre avec des chevaux.
4 Prendre une .... pour traverser l'océan me semble très risqué !
5 Il a besoin d'un .... pour s'occuper des factures et répondre au téléphone.
6 Coupe cette .... que tu as devant les yeux !

dédale

secrétaire

barque

écrin

mèche

paysan

6 Indiquez la bonne signification des phrases.

1 « Voilà donc cet enfer sur la terre dont je ne sortirai peut-être jamais ! »
- a ☐ Il n'y a pas de pire endroit sur terre, mais c'est temporaire !
- b ☐ Il n'y a pas de pire endroit sur terre, et je risque d'y rester indéfiniment !

2 « Il se sent seul comme une barque abandonnée au milieu de l'Océan. »
- a ☐ Il se sent très isolé.
- b ☐ Il sent qu'il va partir très loin.

3 « Ah finalement, se dit-il, je vais paraître sur le théâtre des grandes choses. »
- a ☐ Je vais enfin pouvoir aller au théâtre et sortir.
- b ☐ Je vais enfin pouvoir avoir une vie digne de mon ambition.

Production écrite et orale

7 DELF *« Voilà donc cet enfer sur la terre... »*. Est-ce que vous avez déjà ressenti cette même sensation par rapport à un lieu ou à une situation ? Racontez.

8 DELF Vous lisez ce post sur un forum. Vous répondez à la personne en lui posant des questions et en lui donnant des conseils.

> Salut !
>
> Je suis en seconde et je viens d'arriver dans un nouveau lycée cette année. Ma famille et moi avons déménagé dans une autre ville et j'ai perdu tous mes repères... Cela fait maintenant trois mois que je suis ici. J'ai beau essayer de me lier d'amitié avec les autres élèves de ma classe, il n'y a rien à faire. Je ne me sens pas aimé de mes camarades de classe. Je me sens exclu et triste. Dites-moi ce que je peux faire ? Est-ce que quelqu'un a déjà vécu ça ?
>
> Une barque au milieu de l'Océan

CHAPITRE **6**

L'hôtel de La Mole

Quelques jours plus tard, Julien quitte le séminaire et se rend en fiacre à Paris en compagnie de l'abbé Pirard. Pendant le voyage, l'abbé le prépare à ce qui l'attend.

— Vous allez loger chez le marquis, l'un des plus grands seigneurs de France. Chaque jour à midi, vous irez dans sa bibliothèque où vous écrirez des lettres pour des procès et d'autres affaires. S'il est content de vous, votre salaire augmentera très vite, vous verrez. Mais il s'agit d'être utile. Au fait, je tenais à vous préciser que monsieur de La Mole a deux enfants : une fille de dix-huit ans et un fils de dix-neuf ans. Faites attention à son fils, il a beaucoup d'esprit et d'ironie. Madame la marquise de La Mole, sa femme, est une grande dame blonde, dévote, hautaine, parfaitement polie mais très insignifiante...

La description que fait l'abbé de la famille de La Mole n'enthousiasme pas vraiment Julien.

— Il me semble que je ne vais pas rester longtemps à Paris, dit Julien sur un ton triste.

— Dans ce cas-là, le séminaire vous attend ! Pensez à ce que vous seriez devenu sans cette offre de la part du marquis. J'espère qu'un jour vous aurez pour lui et sa famille une éternelle reconnaissance. Si vous ne vous plaisez pas chez le marquis, je vous conseille de finir vos études dans un séminaire à côté de Paris. Je dois avouer, ajoute l'abbé en baissant la voix, que les journaux de Paris rendent les gens plus civilisés autour de la capitale. La critique de la presse impose des limites à la tyrannie. Mais, continue l'abbé sur un ton plus doux, si nous continuons à trouver du plaisir à nous voir, et que vous ne vous plaisez pas chez le marquis, n'oubliez pas que je suis là, Julien, et je vous aiderai.

Le jeune homme ressent de la gratitude envers l'abbé. Il en a les larmes aux yeux.

— Je n'ai pas eu de mère et j'ai été haï par mon père depuis que je suis né. Mais maintenant, je ne me plaindrai plus, j'ai retrouvé un père en vous.

— C'est bon, c'est bon, dit l'abbé un peu embarrassé par autant de reconnaissance.

Après plusieurs jours de voyage, ils arrivent enfin à Paris. Le fiacre s'arrête devant la maison du marquis.

— Nous sommes arrivés, annonce l'abbé Pirard.

L'abbé présente Julien au marquis de La Mole. C'est un petit homme maigre à l'air vif et qui porte une perruque « avec beaucoup trop de cheveux » pense Julien en souriant. Cette pensée, l'aide

à ne pas se sentir intimidé par la présence de ce personnage de grande noblesse.

— Combien de chemises avez-vous ? lui demande le marquis après lui avoir parlé pendant quelques minutes de son rôle de secrétaire.

— Deux, répond Julien, étonné de voir un grand seigneur s'intéresser à ce genre de détail.

— Très bien, répond le marquis d'un air sérieux, je vous en donnerai encore vingt-deux. Et voici pour commencer la première partie de votre salaire.

Puis, le marquis invite Julien à suivre le valet qui doit lui montrer sa chambre et porter ses affaires.

Après le départ de l'abbé Pirard, Julien se retrouve seul dans la bibliothèque. L'endroit est magnifique et le moment délicieux pour notre ami. « Je pourrai lire tout cela, se dit-il, comme je vais être bien ici ! Allons, mettons-nous au travail ! »

Quelques heures plus tard le marquis de La Mole présente Julien à sa femme et à leurs deux enfants. Norbert lui semble admirable et Julien est immédiatement séduit : il n'a pas l'idée d'en être jaloux ni de le haïr parce qu'il est plus riche que lui. En revanche, Mathilde lui fait une mauvaise impression. « Elle est très jolie et ses yeux sont très beaux, pense-t-il, alors qu'elle est assise en face de lui à table, mais ils annoncent une grande froideur d'âme. D'ailleurs, elle ressemble cruellement à sa mère, la marquise de La Mole, qui me déplaît de plus en plus. »

Julien, interrogé sur son savoir lors du repas, fait une bonne impression à la famille du marquis.

— Les manières gauches de ce jeune abbé cachent sans doute un homme instruit, glisse la marquise à l'oreille de son mari.

L'hôtel de La Mole

Après plusieurs mois auprès de cette famille de nobles parisiens, Julien donne beaucoup de satisfaction au marquis grâce à son travail obstiné, sa discrétion et son intelligence. Le marquis lui fait de plus en plus confiance et lui donne à régler des affaires toujours plus difficiles.

Monsieur de La Mole, qui doit souvent rester à son domicile en raison d'attaques de goutte[1], se trouve très souvent en compagnie de Julien. Il commence à s'intéresser à son caractère particulier et devient son confident.

« Les provinciaux[2] qui arrivent à Paris admirent tout, pense le marquis, celui-ci hait tout. On s'attache bien à un bel épagneul[3], pourquoi ai-je tant de honte à m'attacher à ce petit abbé ? Il est original. Je le traite comme un fils, où est le problème ? Si cette fantaisie dure, elle me coûtera un petit diamant dans mon testament. »

Le marquis de La Mole décide d'envoyer Julien à Londres pour s'occuper d'affaires urgentes. À son retour, il lui demande :

— Quelle idée amusante m'apportez-vous d'Angleterre ?

— Premièrement, répond Julien, l'idée la plus utile aux tyrans est celle de Dieu ; deuxièmement, rien au monde n'est beau, admirable et attendrissant comme les paysages anglais.

Décidément ce jeune homme a des idées étranges mais intéressantes...

1. **Attaque de goutte** : maladie rhumatologique.
2. **Les provinciaux** : personnes qui habitent hors de Paris.
3. **Un épagneul** : race de chien de chasse.

Compréhension écrite et orale

8 **1 Écoutez et lisez le chapitre, puis indiquez pour chaque passage cité comment le personnage le ressent : de manière positive (P) ou négative (N) ?**

		P	N
1	La description que fait l'abbé de la famille de La Mole.	☐	☐
2	La réaction de Julien à la description faite par l'abbé.	☐	☐
3	L'opinion de l'abbé sur Paris.	☐	☐
4	Les sensations que ressent Julien lorsqu'il se retrouve seul dans la bibliothèque.	☐	☐
5	L'impression que laisse Mathilde à Julien.	☐	☐
6	L'impression que laisse Julien à la famille de La Mole.	☐	☐
7	L'opinion de Julien sur l'Angleterre.	☐	☐

2 Associez chaque phrase à sa signification, puis cochez celles qui font partie du chapitre.

1 ☐ ☐ La presse, les journaux rendent les gens plus civilisés.

2 ☐ ☐ Le gouvernement ne se soucie pas des libertés individuelles.

3 ☐ ☐ La critique de la presse impose des limites à la tyrannie.

4 ☐ ☐ Si cette fantaisie dure, elle me coûtera un petit diamant dans mon testament.

5 ☐ ☐ L'idée la plus utile au tyran est celle de Dieu.

6 ☐ ☐ Rien au monde n'est plus admirable qu'un paysage français.

a Julien va hériter d'un diamant car le marquis apprécie le jeune homme.

b Les paysages français sont les plus beaux.

c La presse forme l'esprit critique et la prise de conscience politique.

d C'est un gouvernement tyrannique.

e La religion aide les tyrans à régner.

f Les journaux empêche la tyrannie de régner.

3 Complétez le message que le marquis envoie à l'abbé pour lui dire qu'il apprécie son jeune secrétaire.

compagnie tenace testament
satisfait intelligent affaires confiance

Cher ami,

Je vous remercie de m'avoir présenté Julien, je suis très (**1**) .... de son travail qui est (**2**) .... C'est un jeune homme très (**3**) .... J'ai tout à fait (**4**) .... en lui et je lui donne des (**5**) .... à régler toujours plus importantes.

Vous savez que j'ai été très malade. Heureusement, j'ai eu droit à la (**6**) .... de Julien. Dommage que nous n'appartenions pas à la même classe sociale. Cela ne m'empêchera pas cependant de penser à lui dans mon (**7**) ....

À bientôt,

Le marquis de La Mole

4 Remplissez la grille de mots croisés à l'aide des définitions.

1 Il va augmenter si le marquis est content du travail de Julien.
2 Ce qu'on ressent quand on n'est pas fier de quelque chose.
3 Le métier de Pirard.
4 Une pierre précieuse.
5 Julien n'en a que deux.
6 C'est la pièce où Julien travaille.
7 Synonyme de « domestique ».
8 Julien en écrit.

Enrichissez votre **vocabulaire**

5 Retrouvez dans le chapitre le ou les antonyme(s) des mots suivants. Attention, parfois plusieurs solutions sont possibles.

1 aimer ≠ ....
2 l'ingratitude ≠ ....
3 adroite ≠ ....
4 distingué ≠ ....
5 modeste ≠ ....
6 détestable ≠ ....

Production écrite et orale

6 DELF « Rien au monde n'est beau, admirable et attendrissant comme les paysages anglais ». Quel est, pour vous, le plus beau paysage que vous ayez jamais vu ? Décrivez-le.

COIN CULTURE

De la voiture à cheval au « cheval de fer »

La révolution industrielle du XIXe siècle va permettre d'importantes évolutions en matière de transport. Progressivement les bateaux à vapeur vont remplacer les bateaux à voile et les locomotives à vapeur, les chevaux. On va se déplacer plus vite et plus loin, et transporter plus de personnes et de marchandises.
Cependant, à l'époque où Stendhal écrit son œuvre, la voiture à cheval, dont le fiacre par exemple, est encore le moyen de transport le plus répandu.

1848	Train	Fiacre
Kilomètres parcourus en 1 heure	30 km	15 km

Le chemin de fer va se développer au cours du XIXe siècle.
En 1829, l'Anglais Stephenson lance sa Rocket, qui tire un convoi de 13 tonnes à 25 km/h.
En 1850, la locomotive Crampton va jusqu'à 60 km/h en tirant un convoi de 60 tonnes.

La première ligne de chemin de fer est construite près de Newcastle en 1825. Elle est réservée au transport du charbon. Cinq ans plus tard, on inaugure une ligne destinée aux passagers, entre Liverpool et Manchester. En France, les premières voies de chemin de fer relient Saint-Étienne à Roanne (en 1832) puis Alais (actuellement Alès) à Nîmes (en 1833) pour le transport du charbon. Une ligne pour les voyageurs est ouverte en 1837 : elle relie Paris à Saint-Germain-en-Laye.

Il faudra attendre la fin du XIXe siècle pour voir apparaître l'automobile.

Le parc automobile sera composé de 4 000 véhicules en 1900, contre près de deux millions en 1914. Les États-Unis vont rapidement se distinguer par une large avance dans ce domaine avec plus de 60% des véhicules mondiaux contre moins de 5% pour la France.

7 Lisez l'article, puis complétez les phrases.

1 Le train s'appelle aussi le chemin de fer .

2 À l'époque du *Rouge et le Noir*, on se déplace surtout en les bateaux à voile .

3 Le train .... est le moyen de transport qui va se développer au XIXe siècle.

4 C'est en Angleterre/Newcastle qu'un Anglais lance sa première locomotive.

5 En France, la première ligne pour les voyageurs est ouverte en 1837.

6 Il faut attendre la fin du XIXe siècle pour voir les premières automobiles .

Le Rouge et le Noir sur grand écran

Titre : Le Rouge et le Noir
Date de sortie : 1954
Réalisateur : Claude Autant-Lara
Genre : drame
Pays : France, Italie

Des débuts difficiles

Durant la Seconde Guerre mondiale, le réalisateur Claude Autant-Lara pense adapter le roman de Stendhal au cinéma. Après bien des péripéties, le réalisateur doit abandonner son projet. En 1954, il reprend son projet avec deux acteurs vedettes de l'époque : Gérard Philipe et Danielle Darrieux.

Mathilde (Antonella Lualdi) et Julien (Gérard Philipe) dans le film de Claude Autant-Lara.

Des critiques

L'adaptation de Claude Autant-Lara reçoit de violentes critiques de la part des futurs cinéastes de la Nouvelle Vague [1] qui lui reprochent d'incarner un cinéma dépassé [2].

Dans un article publié dans les Cahiers du cinéma, le jeune critique François Truffaut s'en prend à ce symbole

1. Mouvement du cinéma français de la fin des années cinquante dont le réalisateur François Truffaut est le représentant le plus connu.
2. **Dépassé** : obsolète, qui n'est plus à la mode.

d'« une certaine tendance du cinéma français », dont les conceptions artistiques relèvent selon lui d'une autre époque.

La censure

Respectueuse de l'œuvre originale, cette production devient rapidement le film stendhalien par excellence. Cependant, sans l'accord du réalisateur, le producteur français enlève une trentaine des 185 minutes du montage final, par crainte de la censure locale.

Certains pays, comme le Québec per exemple, censureront les dialogues où il est question d'adultère, de religion et de politique.

L'Italie lui donnera un nouveau titre *L'homme et le diable (L'uomo e il diavolo)* et coupera 40 minutes de film en raison de la censure clérico-commerciale de l'époque.

1 Lisez le dossier, puis associez les questions du journaliste aux réponses du critique de cinéma.

1 ☐ Est-ce que les débuts du film ont été faciles ?
2 ☐ Quels étaient les acteurs vedettes du film ?
3 ☐ Est-ce que Gérard Philipe a accepté tout de suite le rôle ?
4 ☐ Est-ce que le film incarne un cinéma moderne ?
5 ☐ Pourquoi ce film a-t-il été autant censuré ?
6 ☐ Comment a réagi l'Italie ?

a L'Italie a changé le titre et coupé 40 minutes de film.

b Non, dans un premier temps, il a refusé.

c Non, il y a eu bien des péripéties et Claude Autant-Lara a dû attendre 1954 pour pouvoir le réaliser.

d Pas vraiment, les cinéastes de la Nouvelle Vague trouvaient qu'il s'agissait d'un cinéma dépassé.

e Parce qu'à l'époque, on acceptait moins les critiques sur la politique et la religion.

f Il y avait Gérard Philipe et Danielle Darrieux.

Combat devant l'Hôtel de ville, 28 juillet 1830.

Pourquoi *le rouge et le noir ?*

Le roman de Stendhal a été commencé en 1827 et publié en 1830.

Le contexte historique et social

Le règne de Charles X

Charles X mène une politique réactionnaire qui va, pendant plusieurs années, réactiver les forces révolutionnaires, bonapartistes et libérales. Durant cette période, on limite la liberté de la presse, l'Église s'empare de l'université, et on fait planter des croix dans tout le pays. Après une tentative de l'opposition d'empêcher cette politique réactionnaire, Charles X restreint encore plus les libertés.

Prise de l'Hôtel de ville : le Pont d'Arcole, juillet 1830.

La révolution de 1830

Commencent alors les Trois glorieuses. La presse d'opposition appelle à l'insurrection, les Parisiens repoussent les forces de l'ordre durant trois jours, du 27 au 29 juillet. La République va-t-elle être proclamée ? Non, car les modérés s'emparent du pouvoir et Louis-Philippe Ier devient roi des Français. Pendant 18 ans, la France sera une monarchie constitutionnelle. Celle-ci installera définitivement la prédominance de la bourgeoisie. En 1848, une nouvelle révolution a lieu : elle donnera naissance à la IIe République, puis au Second Empire.

Une société fragmentée

Le Rouge et le Noir nous fait un tableau précis du contexte social de l'époque. Jeune homme du peuple, fils de charpentier, Julien Sorel représente l'innocent qui adhère aux idées issues de la Révolution et de l'Empire. De nombreux jeunes ambitieux ont ainsi connu une ascension sociale rapide, comme Bonaparte par exemple. Or, durant les quinze années du régime réactionnaire de Charles X, les aspirations des jeunes sont particulièrement étouffées. Au sommet, les grands aristocrates tiennent le pouvoir politique. L'Église a renforcé son emprise sur les esprits, la petite noblesse et la bourgeoisie affirment leur domination. En bas, les « classes inférieures », qui représentent la majorité des Français, se composent de petits paysans, d'artisans et d'ouvriers. Il est très rare de réussir grâce à son mérite. Pour s'élever dans la hiérarchie sociale, il ne reste donc que deux possibilités : l'armée (le rouge) et l'Église (le noir). Entrer au séminaire garantit, au pire, qu'on sera curé de campagne mais que l'on pourra manger à sa faim. S'engager dans l'armée représente aussi l'assurance d'un minimum vital mais peut être aussi l'occasion de monter en grade et d'avoir à la fin une position enviable.

L'histoire de l'œuvre

Le titre

L'époque où l'armée permettait aussi aux enfants du peuple une carrière rapide et glorieuse se termine avec la fin du règne de Napoléon et l'arrivée de Charles X. Julien Sorel se replie sur l'Église qui redevient, sous la Restauration, la seule possibilité de promotion sociale pour ceux qui ont un peu d'ambition et des appuis mais qui n'ont pas de moyens à leur disposition.

Le titre fait aussi allusion au jeu du hasard : le jeu en général est souvent basé sur cette opposition entre le rouge et le noir (les cartes et la roulette notamment). Dans *Le Rouge et le Noir* de Stendhal, il y a des moments où Julien risque tout ce qu'il a – son futur, sa vie – sur une seule possibilité, puis après avoir remporté à plusieurs occasions le pari, il finit par tout perdre, même la vie.

Un simple fait divers

Stendhal s'est inspiré d'un fait divers qu'il a lu dans la Gazette des Tribunaux pour écrire l'histoire du roman. Cette histoire a lieu dans la région de Grenoble, en 1827.

Antoine Berthet, jeune homme beau, fragile et intelligent, est né à Brangues en 1801. Son père est artisan et ne cesse de le brutaliser. Le curé du village veut le faire devenir prêtre et le place au séminaire de Grenoble. Quatre ans plus tard, un notable, M. Michoud de La Tour, le prend comme précepteur de ses enfants, mais se sépare de lui un an après à cause d'une intrigue avec sa femme. Après avoir été renvoyé de différents séminaires, Antoine obtient finalement une autre place de précepteur chez M. de Cordon. Il est renvoyé un an plus tard suite à une histoire de cœur avec la fille de la maison. Il est de nouveau rejeté de tous les séminaires, et il commence à écrire à Mme Michoud en l'accusant d'être la responsable de ses malheurs. Il menace de la tuer et de se tuer après. Le 22 juillet 1827, pendant la messe dans l'église du village, il tire sur Mme Michoud, puis retourne l'arme contre lui. Ils sont juste blessés. Le 15 décembre 1827, Berthet est condamné à mort et il est exécuté à Grenoble, le 23 février 1828.

Est-ce que le Stendhal s'inspire de ce fait divers dans sa totalité ou est-ce qu'il réserve un sort différent à Julien ? Vous le découvrirez en poursuivant votre lecture…

Compréhension écrite

1 DELF **Lisez le dossier, puis répondez aux questions.**

1 Quel est le nom du roi qui règne en 1827 ?
2 Avant 1830, une liberté est limitée. Laquelle ?
3 Quel est l'autre nom de la révolution de 1830 ?
4 Quel est le régime politique sous Louis-Philippe Ier ?
5 Que se passe-t-il en 1848 ?

2 **Dites s'il s'agit d'une phrase appartenant au contexte social (C), au titre de l'œuvre (T) ou au fait divers (F).**

		C	T	F
1	Le 15 décembre 1827, Berthet est condamné à mort et il est exécuté à Grenoble, le 23 février 1828.	☐	☐	☐
2	Le jeu en général est souvent basé sur l'opposition entre le rouge et le noir comme les cartes et la roulette par exemple.	☐	☐	☐
3	De nombreux jeunes ambitieux ont connu une ascension sociale rapide, comme Bonaparte.	☐	☐	☐
4	La majorité des Français se compose de petits paysans, mais aussi d'artisans et d'ouvriers.	☐	☐	☐
5	Pour s'élever dans la hiérarchie sociale, il n'y a que deux possibilités : l'armée ou l'Église.	☐	☐	☐
6	Il commence à écrire à Mme Michoud en l'accusant d'être la responsable de ses malheurs.	☐	☐	☐

CHAPITRE 7

Julien et la belle Mathilde

Julien rencontre souvent la fille du marquis dans la bibliothèque : c'est une jeune fille très instruite et qui aime étudier. « Décidément cette grande fille me déplaît, se dit Julien, ses cheveux sont sans couleur à force d'être blonds, et quelle hauteur, elle se prend vraiment pour une reine ! »

Pourtant, Mathilde fait l'admiration des jeunes hommes de la bonne société et tous rêvent de se marier avec cette jeune fille aussi belle que riche. Mais Mathilde, elle, rêve d'autre chose, et la société dans laquelle elle vit l'ennuie profondément. « Mon futur mari, est charmant, et moi, je suis belle, riche et jeune, mais je ne suis pas heureuse ! se dit-elle. Comme je m'ennuie ! En revanche, ce Sorel est si singulier, je lui ai demandé de venir, et il ne daigne[1] même pas se présenter à moi ! »

Mathilde éprouve donc de la curiosité envers Julien. Elle va souvent le trouver dans la bibliothèque où il travaille pour discuter avec lui. Au fur et à mesure que le temps passe, les conversations se font plus longues, et aux beaux jours de printemps, ils se promènent tous les deux dans le jardin échangeant leurs idées sur le monde. Le jeune homme se rend compte que Mathilde change facilement d'humeur et qu'elle n'a pas un caractère facile. Extrêmement orgueilleuse, elle est parfois très froide avec ses proches. Avec lui, elle prend souvent le ton d'une grande dame. Mais petit à petit, quand ils se retrouvent seuls, elle perd un peu cet air altier[2] qu'elle a lors des discussions en présence d'autres personnes. Quand Mathilde se montre douce et proche, Julien commence à s'imaginer qu'elle pourrait avoir des sentiments pour lui : « Si seulement elle pouvait m'aimer ! C'est ma confidente, ce qui est déjà un gros avantage, elle qui fait trembler[3] toute la maison ! Comme je plains[4] son futur mari. Ah ! Pauvre marquis de Croisenois, si gentil et si riche, elle semble me préférer à lui. Plus je me montre froid et plus je marque mes distances avec elle, plus elle me cherche. Ses yeux s'animent quand elle me voit apparaître sans s'y attendre. Comme elle est belle, comme ses grands yeux bleus me plaisent. Je l'aurai, il le faut, et je fuirai ensuite, personne ne pourra m'arrêter ! » L'idée de devoir séduire une femme si riche et si noble commence à occuper l'esprit de Julien. Après quelques jours, il finit par ne

1. **Daigner** : prendre la peine.
2. **Altier** : supérieur.
3. **Faire trembler** : ici, mener avec autorité.
4. **Plaindre** : avoir de la compassion.

penser qu'à ça, il a le cœur qui palpite d'ambition. Chaque jour, il ne cesse de rêver à cette idée : « M'aime-t-elle ? ».

Les sentiments de Mathilde à l'égard de Julien évoluent de jour en jour : « Je ne pourrai jamais aimer Croisenois, il est parfait mais il m'ennuie terriblement ! Je ne veux pas d'un amour qui fasse bâiller[5] ».

Mathilde ne pense qu'à la grande passion, à l'amour héroïque, à celui qui fait surmonter tous les obstacles. Elle admire depuis toujours un de ses ancêtres qui fut décapité en 1574 en raison de son amour pour une femme. Mathilde désire faire revivre la passion que ses ancêtres ont vécue et qui fait faire de grandes choses. « Que manque-t-il à Julien ? se demande-t-elle. Un nom et de la fortune, cela est possible. Il y a déjà de la grandeur et de l'audace de ma part à aimer un homme placé si bas dans l'échelle sociale. Mais à la première faiblesse, je l'abandonne. »

Forte de ce raisonnement, Mathilde décide d'aimer Julien. L'effet est immédiat : elle cesse de s'ennuyer. « Cet amour a bien des dangers, tant mieux, mille fois tant mieux ! » pense-t-elle. Tous les jours elle se félicite d'avoir pris la décision de vivre une grande passion.

Mathilde vient de prendre cette résolution lorsqu'elle apprend que son père, le marquis de La Mole, veut envoyer Julien en province pour s'occuper d'une affaire. Elle décide d'écrire une lettre à Julien dans laquelle elle lui demande de ne pas partir et lui déclare son amour. « Moi, s'écrie Julien, la lettre de Mathilde entre les mains, pauvre paysan, je suis aimé d'une grande dame ! Quoi ? Elle ose délaisser le marquis de Croisenois pour moi ! Avec cette lettre, je suis son égal : c'est pour le fils d'un charpentier qu'elle

5. **Bâiller** : ici, s'ennuyer.

trahit un descendant qui a suivi Saint Louis à la croisade… ». Julien ne peut contenir sa joie. Fou de bonheur, il va trouver le marquis dans son bureau pour le convaincre que son déplacement n'est pas nécessaire.

— Je suis content de ne pas vous voir partir, Julien, lui dit le marquis, car j'aime bien votre présence et vous nous êtes très utile ici.

Le jeune homme a un léger pincement au cœur lorsqu'il pense à la confiance dont lui fait preuve le marquis : « S'il savait que sa fille aime un paysan », pense-t-il désolé.

Le jour suivant, sachant que Julien se trouve seul dans la bibliothèque, Mathilde lui glisse une autre lettre sous la porte, puis elle s'enfuit aussitôt. Julien, attiré par le bruit, aperçoit immédiatement le message. Il se précipite pour le récupérer et ouvre l'enveloppe.

J'ai besoin de vous parler. Trouvez-vous dans le jardin à une heure du matin. Prenez la grande échelle près du puits, placez-la contre la fenêtre de ma chambre et montez chez moi.

Mathilde de La Mole

Compréhension écrite et orale

9 **1** DELF **Écoutez et lisez le chapitre, puis dites si les affirmations sont vraies (V) ou fausses (F).**

		V	F
1	Mathilde plaît tout de suite à Julien.	☐	☐
2	Les jeunes hommes de la société rêvent de se l'épouser.	☐	☐
3	Mathilde est heureuse de se marier.	☐	☐
4	Mathilde éprouve de la curiosité envers Julien.	☐	☐
5	Julien rêve d'être aimé de Mathilde.	☐	☐
6	Mathilde rêve d'amour héroïque.	☐	☐

2 **Complétez le résumé.**

Mathilde fait l'admiration des jeunes hommes de la bonne (**1**) .... mais, elle, elle (**2**) .... profondément. En revanche, elle (**3**) .... de la curiosité pour Julien. Les deux jeunes gens se retrouvent souvent dans la bibliothèque pour (**4**) .... Mathilde n'a pas un (**5**) .... facile mais, petit à petit, elle se montre douce avec Julien qui décide de la séduire. Mathilde, qui a peur de s'ennuyer avec son futur (**6**) .... , décide d'aimer Julien. Elle lui écrit une (**7**) .... dans laquelle elle lui avoue son (**8**) .... Ensuite, elle envoie un message dans lequel elle l'invite à se rendre dans sa (**9**) .... durant la nuit.

3 **Dites qui prononce ces phrases de Mathilde (M) ou de Julien (J), puis remettez-les dans l'ordre chronologique de l'histoire.**

			M	J
a	☐	J'ai besoin de vous parler.	☐	☐
b	☐	S'il savait que sa fille aime un paysan.	☐	☐
c	☐	Je l'aurai, il le faut, et je fuirai ensuite.	☐	☐
d	☐	Cet amour a bien des dangers, tant mieux.	☐	☐
e	☐	Il ne daigne même pas se présenter à moi !	☐	☐
f	☐	À la première faiblesse, je l'abandonne.	☐	☐
g	☐	Je ne veux pas d'un amour qui fasse bâiller.	☐	☐
h	☐	Comme je m'ennuie !	☐	☐
i	☐	Elle se prend vraiment pour une reine.	☐	☐

10 **4** DELF **Écoutez l'enregistrement sur Saint Louis et les Croisades, puis indiquez les chiffres que vous entendez .**

1 Saint Louis est Louis

a ☐ XIX. b ☐ IX. c ☐ VIII.

2 Il est le

a ☐ 44e b ☐ 54e c ☐ 64e roi de France.

3 Il va régner pendant plus de

a ☐ 42 b ☐ 44 c ☐ 43 ans.

4 Il est sacré dans la cathédrale de Reims en

a ☐ 1228. b ☐ 1328. c ☐ 1226.

5 Saint Louis a participé à

a ☐ trois b ☐ quatre c ☐ deux croisades.

Enrichissez votre **vocabulaire**

5 Complétez les phrases avec les mots proposés.

délaisse fortune orgueilleuse tant mieux humeur proches

1 Attention aujourd'hui, je ne suis pas de très bonne .... ! Tout m'énerve !
2 Juliette a trop d'amour-propre : elle est très ....
3 Il est froid avec ses .... et chaleureux avec les personnes qu'il ne connaît pas.
4 Bernard Arnault, le propriétaire du groupe de luxe LMVH, est la plus grande .... de France.
5 Si tu y arrives, ... ! Si tu n'y arrives pas, tant pis !
6 Elle ne fait plus attention à son mari, elle le .... pour s'occuper des ses enfants.

Grammaire

Les conjonctions de subordination

Ses yeux s'animent ***quand*** *elle me voit apparaître sans s'y attendre.*

La conjonction de subordination est un mot invariable qui sert à relier deux propositions : une principale et une subordonnée (conjonctive). Dans l'exemple, l'action de s'animer dépend du fait qu'elle me voit apparaître.

Les principales conjonctions de subordination simples sont : **quand, lorsque, si, puisque, comme, que.**

En général, ***lorsqu'****il ne fait pas beau, on reste à la maison.*
Il viendra ***s'****il n'y a pas la grève des trains.*
Puisque *je suis ici, profitons-en pour discuter.*
Comme *il a plu, elle n'est pas sortie.* *Je pense* ***que*** *ça ira.*

6 **Relevez dans le chapitre les phrases avec des conjonctions de subordination simples.**

7 **Reliez les phrases en utilisant la conjonction de subordination entre parenthèses.**

1 Elle ne veut pas ? Eh bien, je ne l'épouserai pas. (*comme*)
2 Elle est allée chez lui. Il était en train de travailler. (*quand*)
3 Ils sont arrivés. Tout était déjà prêt. (*lorsque*)
4 Vous trichez ? Eh bien, vous aurez un O. (*puisque*)
5 Tu ne révises pas. Tu n'auras pas ton bac. (*si*)
6 Elle pense : « Ils viendront à la campagne ». (*que*)

Production écrite et orale

8 **Vous lisez ce message sur un forum. Vous répondez à Caroline en lui dressant une liste d'activités possibles ou en lui racontant ce que vous faites pour ne pas vous ennuyer.**

> Bonjour à tous ! Je m'ennuie et je ne sais pas quoi faire...
> Vous pouvez me donner des conseils ou des idées d'activités ? ☺
> Merci ! Caro

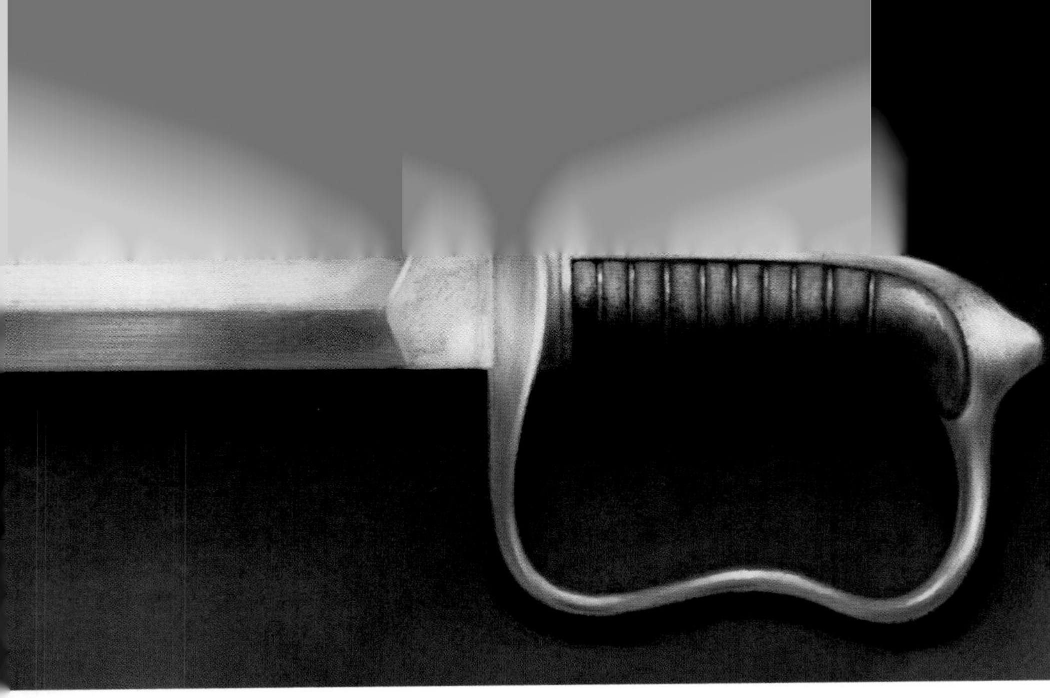

CHAPITRE **8**

L'amour de l'ambition

À une heure du matin, Julien décide de se rendre auprès de Mathilde. Il suit à la lettre les instructions qu'elle lui a données. Il n'a jamais eu aussi peur. Il monte à l'échelle en tenant un pistolet à la main : « Mon honneur est en jeu, pense Julien, si j'étais surpris, ce serait un scandale ! ».

11

— Vous voilà, monsieur, lui dit Mathilde avec beaucoup d'émotion lorsqu'il apparaît à sa fenêtre.

Julien est très embarrassé, il ne sait pas ce qu'il doit dire ou faire. Il pense qu'il doit oser quelque chose et tente maladroitement de l'embrasser.

Mathilde ne s'attendait pas à une telle attitude de la part du jeune homme.

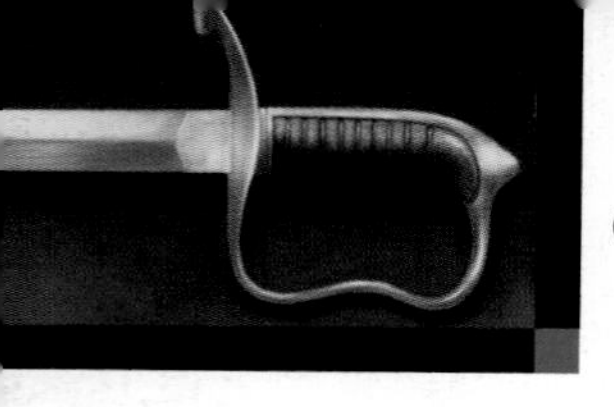

— Je vous en prie, lui dit-elle en le repoussant.

Ce dernier n'est pas du tout content d'être éconduit.

— Qu'avez-vous dans la poche de votre veste ? lui demande Mathilde contente de trouver un sujet de conversation.

— C'est un pistolet, je possède toutes sortes d'armes, répond Julien, heureux lui aussi d'avoir quelque chose à dire.

— Il faut abaisser l'échelle, dit Mathilde, nous ne pouvons pas la laisser comme ça, si quelqu'un la voyait...

Puis elle lui donne froidement toutes les indications pour faire descendre l'échelle avec une corde. Elle semble très préoccupée pour les fenêtres et les parterres du jardin.

« Une femme qui pense aux risques de casser des fenêtres et d'abîmer le jardin au moment de retrouver l'homme qu'elle aime, peut-elle être une femme amoureuse ? se demande Julien. Quelle différence avec madame de Rênal... »

Julien s'étonne de l'absence de bonheur et ne voit dans sa rencontre avec Mathilde que le fait d'être estimé par une femme de la noblesse. Il est juste heureux pour son amour-propre.

Finalement, après quelques instants d'embarras, Mathilde décide de parler à Julien. « Il faut que je lui parle, se dit-elle, on doit parler à son amant. »

Pour accomplir ce qu'elle pense faire partie de son devoir, elle lui raconte les différentes résolutions qu'elle a prises vis-à-vis de lui pendant ces derniers jours.

— Je m'étais dit : « S'il a le courage de venir jusqu'à moi comme je le lui demande, je serai toute à lui ».

Après quelques instants d'hésitation dus à la froideur du ton avec lequel elle a prononcé ses paroles, Mathilde devient la maîtresse de Julien. En réalité, la passion qu'ils partagent ressemble plus à un modèle qu'on imite qu'à une réalité.

CHAPITRE 8

Les jours suivants, Mathilde prend ses distances vis-à-vis de Julien. Un soir qu'ils se retrouvent tous les deux, ils se disputent et se jurent de ne plus jamais se parler. La nuit suivante, Julien est obligé de s'avouer qu'il éprouve en réalité de l'amour pour mademoiselle de La Mole. Cela vient-il du fait qu'il n'a pas encore triomphé de ce cœur insensible ? Ne supportant plus l'indifférence de Mathilde, il décide de partir. Il prépare discrètement ses affaires mais malheureusement, juste avant de sortir, il rencontre la jeune femme dans la bibliothèque. Emporté par la douleur, il ne peut pas résister et lui demande :

— Ainsi, vous ne m'aimez plus ?

— Je ne supporte pas l'idée de m'être donnée au premier venu, lui dit-elle en pleurant de rage.

— Au premier venu ! s'écrie Julien fou de douleur.

Il s'élance alors sur une vieille épée ayant appartenue à un ancêtre de la famille de La Mole conservée au-dessus de la cheminée de la bibliothèque. Mais l'image de son bienfaiteur, le marquis, se présente vivement à son esprit : « Je vais tuer sa fille, se dit-il, quelle horreur ! ». Et il jette l'épée à terre, désespéré.

Mathilde le regarde étonnée, son visage est illuminé par l'ambition : « J'ai failli être tuée par mon amant ! » se dit-elle. Elle est heureuse à l'idée de cet acte héroïque digne de ses ancêtres. Elle ne prononce pas un mot et s'enfuit.

Malheureux, Julien se prépare à quitter la maison .

Cette fois, il décide d'annoncer son départ au marquis de La Mole.

— Pour où ? lui demande le marquis.

— Pour le sud.

— Non, Julien, vous méritez de plus hautes destinées. J'ai

besoin de vous, je vous demande de rester ici et de ne pas vous absenter plus de deux heures. Vous êtes parfait comme secrétaire, je compte sur vous.

« Ainsi, pense Julien, je ne peux même pas partir pour ne plus voir l'objet de mes souffrances. »

Après la scène de l'épée, l'amour de Mathilde pour son amant dure quelques jours, mais dès que Julien lui exprime l'assurance de ses sentiments, celle-ci s'éloigne de nouveau. Elle est même capable de lui montrer les signes d'un profond mépris. Elle a beaucoup d'esprit qu'elle utilise pour torturer l'amour-propre du jeune homme et lui infliger des blessures cruelles. Julien se sent pour la première fois soumis à l'action d'un esprit supérieur au sien qui ne lui témoigne que de la haine. Le jeune Sorel est devenu le plus malheureux des hommes.

Il trouve un peu de sérénité lorsque le marquis l'envoie en province pour s'occuper de ses affaires. Lors d'un voyage à Strasbourg, il se lie d'amitié avec le prince Korasoff à qui il confie son amour pour Mathilde. Le prince prend le temps de réfléchir et lui dit :

— Écoutez les conseils que je vous donne et vous verrez que votre maîtresse changera d'attitude : ne vous montrez pas triste, mais montrez-vous fâché. Cachez la passion que vous ressentez pour elle et rendez-la jalouse en faisant la cour à une femme plus noble qu'elle. Attention ! Trouvez une femme noble qu'elle connaît, écrivez-lui des lettres d'amour. Faites en sorte que Mathilde trouve les lettres que vous envoyez ou recevez...

— Écrire des lettres d'amour, mais j'en suis bien incapable ! s'exclame Julien.

— Mais qui vous parle de les écrire ? Vous devez juste les

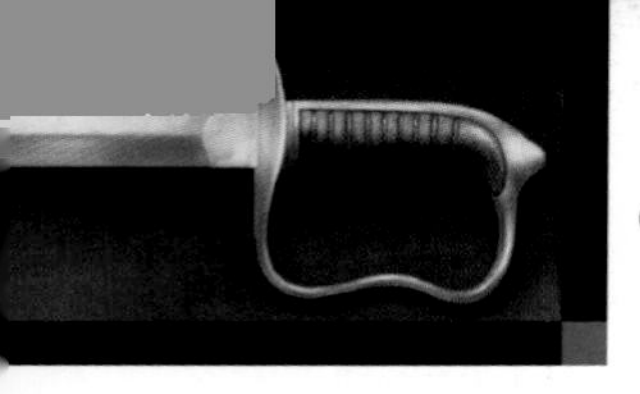

recopier. Je vais vous faire parvenir des modèles de lettre : il y en a pour tous les caractères de femme. Vous n'aurez qu'à choisir la lettre adaptée à votre maîtresse.

Julien est moins malheureux quand il quitte son nouvel ami. Fort des conseils du prince, il fait des efforts sur lui-même et cache ses sentiments pour Mathilde. « Si je me laisse entraîner au bonheur de l'aimer, je sais déjà que ces yeux exprimeront le plus froid dédain. »

Il écrit alors des lettres d'amour à une amie de madame de La Mole. Petit à petit, la jalousie et l'amour-propre de Mathilde, qui s'aperçoit de la correspondance de Julien avec une autre femme, l'emportent sur son orgueil. Pour la première fois, la jeune fille se met à aimer. Elle cesse d'être distante avec son amant. Au contraire, elle commence à lui témoigner chaque jour plus d'amour alors qu'elle se montre froide envers sa famille et ses amis.

Et Julien, quels sont ses sentiments envers Mathilde ? Il n'en sait rien. Il sait juste qu'elle est devenue la maîtresse absolue de son bonheur et de son imagination.

Quelque temps après, Mathilde va trouver Julien, plus joyeuse qu'à l'accoutumé.

— Julien, je suis enceinte ! lui annonce-t-elle. Doutez-vous encore de mon amour ? Maintenant, je suis votre épouse !

Julien a envie de céder à son élan et d'oublier le principe de sa conduite : « Comment être froid envers cette pauvre jeune fille qui se perd pour moi ? ».

Compréhension écrite et orale

11 **1 Écoutez et lisez le chapitre, puis remettez les phrases dans l'ordre chronologique de l'histoire.**

a ☐ La jeune femme décide de se donner à lui.
b ☐ Avant de partir, le jeune homme, fou de douleur, prend une épée pour tenter de tuer Mathilde.
c ☐ Le marquis refuse le départ de Julien et lui demande de rester.
d ☐ Julien suit les instructions de Mathilde et monte dans sa chambre avec l'échelle.
e ☐ L'indifférence de Mathilde pousse Julien à partir.
f ☐ Quand Julien et Mathilde se retrouvent, ils ne savent pas quoi se dire.
g ☐ Mathilde donne des instructions à Julien pour abaisser l'échelle.
h ☐ Julien suit les conseils de Korasoff : Mathilde commence à l'aimer.
i ☐ Mathilde continue de torturer l'amour-propre de Julien.
j ☐ À Strasbourg, Julien rencontre le prince Korasoff.

2 Indiquez qui a dit ou pensé les phrases suivantes : Mathilde ou Julien ?

	Mathilde	Julien
1 Mon honneur est en jeu.		
2 Je possède toutes sortes d'armes.		
3 Je vous en prie.		
4 Il faut que je lui parle.		
5 Il faut abaisser l'échelle.		
6 Ainsi, vous ne m'aimez plus ?		
7 Doutez-vous encore de mon amour ?		
8 J'ai failli être tuée par mon amant !		

3 **Relisez les conseils du prince Korasoff, cochez les affirmations exactes, puis corrigez celles qui sont fausses.**

1 ☐ Julien doit se montrer triste mais pas fâché.
....

2 ☐ Julien ne doit pas cacher la passion qu'il ressent pour elle.
....

3 ☐ Julien doit la rendre jalouse en faisant la cour à une autre femme.
....

4 ☐ Cette autre femme ne doit pas être plus noble que Mathilde.
....

5 ☐ Julien doit écrire des lettres d'amour à la femme qu'il veut séduire.
....

6 ☐ Julien doit faire en sorte que Mathilde trouve les lettres.
....

12 **4** **Mathilde et Louise sont les deux symboles de la contradiction qui déchire Julien. Écoutez l'enregistrement, puis complétez le tableau.**

Louise de Rênal

Qualités et défauts : (1) ...., modeste, chaste et (2) ....

Ses intérêts : son ménage, (3) ...., la religion.

Par rapport à Julien : Elle est liée à sa (4) ....

Mathilde de La Mole

Qualités et défauts : orgueilleuse, esprit (5) .... et (6) ...., goût de l'action.

Elle aime Julien avec (7) .... et enthousiasme lorsqu'elle se sent (8) .... par lui.

Par rapport à Julien : Elle est liée à un autre aspect de son caractère : l'orgueil et le (9) ....

Enrichissez votre **vocabulaire**

5 Complétez les phrases à l'aide des photos.

1 Il met ses clés dans la .... de sa veste.
2 Prière de ne pas abîmer les .... du jardin !
3 Il fait froid, je vais faire un feu de ....
4 Elle est .... : elle attend son deuxième enfant.

6 Trouvez l'intrus dans chaque liste.

1 un crayon — un pistolet — un couteau ....
2 embarrassé — gêné — à l'aise ....
3 repousser — attirer — éconduire ....
4 détruire — abîmer — réparer ....
5 triompher — perdre — gagner ....
6 le dédain — le mépris — l'estime ....

Production écrite et orale

7 Les actes héroïques. Lisez l'article, puis choisissez l'un des deux sujets.

A Vous avez participé ou assisté à un acte héroïque, ou vous avez lu un article relatant un événement similaire. Racontez.

B Est-ce que vous pensez que l'acte de Boudine est un acte héroïque ? Dites pourquoi.

FAITS DIVERS

L'acte héroïque de Boudine, plombier nantais

Le jeune homme de 28 ans a porté secours aux passagers d'une voiture en feu. Il recevra une médaille des mains du préfet.

Dans la nuit de dimanche à lundi, vers 3 h 30, une voiture roulant à une vitesse excessive fait soudainement une embardée et finit sa course folle dans le fossé. Sous la violence du choc, le réservoir d'essence explose. Le véhicule prend feu. Ses passagers, tous inconscients, sont bloqués à l'intérieur de l'habitacle.

Par chance, une jeune femme passe par là. Affolée devant ce qu'elle est en train de voir, elle interpelle un autre passant, Boudine Guidadou. L'homme, un jeune plombier de 28 ans, témoigne : « Le conducteur était dans un sale état, entre la vie et la mort. Je l'ai sorti sur le trottoir, il était inconscient. » Entre-temps, deux voitures de la brigade anti-criminalité (BAC) sont arrivées. Le jeune plombier, aidé d'un policier, parvient à extraire un autre passager, celui installé à l'arrière, sans trop de difficultés. Reste le jeune homme assis à l'avant. « Un policier a cassé la vitre à l'aide d'une matraque. Mais l'airbag étant sorti, c'était compliqué », explique Boudine. « Les flammes redoublaient d'intensité, elles nous caressaient. On ne voyait plus rien. Nous avons alors plié la porte pour pouvoir sortir le passager. Je n'avais pas de gants, c'était horrible. »

Dans les minutes qui suivent, les trois victimes sont transportées d'urgence au centre hospitalier universitaire de Nantes par les pompiers. Dans l'agitation, Boudine décide de rentrer chez lui. Ce n'est que le lendemain, par l'intermédiaire de journalistes locaux, que le jeune plombier apprendra qu'il est recherché… pour être décoré. Boudine explique être « très honoré que l'on reconnaisse (son) geste. Mais qui n'aurait pas fait la même chose ? On doit aider son prochain ».

D'après un article de Jean Rioufol sur www.francesoir.fr

CHAPITRE **9**

La fin d'un petit paysan

Un jour, Mathilde dit à Julien :

— Je vais tout avouer à mon père. Il est indigne de notre part d'essayer de le tromper.

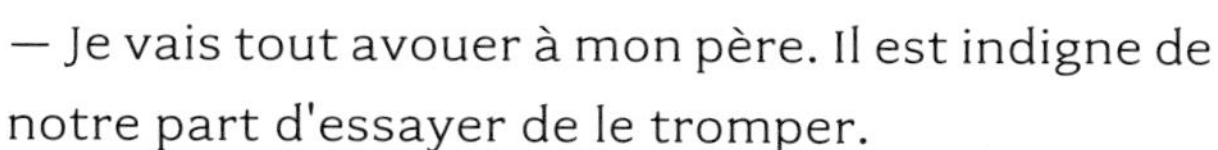

— Mais il va me chasser ! lui répond-il.

— C'est son droit, il faut le respecter. Je vous donnerai le bras et nous partirons ensemble par la grande porte en plein midi.

— Je vous interdis de le faire, Mathilde, c'est moi qui lui donnerai une lettre dans quelques jours où je lui dirai tout.

Mathilde se soumet à l'injonction de Julien.

La lecture de la lettre dans laquelle Julien avoue tout rend le marquis de La Mole fou furieux. Il est désespéré par le manque de fortune de Julien et par son origine sociale. Quand il pense que

sa fille devait devenir duchesse et avait les meilleurs prétendants de Paris !

Enfin, convaincu par Mathilde, le marquis se décide à offrir à Julien une rente, un nom et une place comme lieutenant de hussards.

— Mais, demande-t-il à sa fille, s'agit-il d'amour véritable de la part de ce Sorel ou bien est-il poussé par le désir vulgaire de s'élever à une belle position ?

Lorsque Mathilde annonce à Julien l'offre qu'elle a réussi à obtenir de son père, le jeune homme est fou de joie. Monsieur Sorel, devenu monsieur de La Vernaye, voit enfin l'ambition de toute sa vie se réaliser. Il sent aussi monter en lui la passion pour ce fils qui va naître.

« J'ai su me faire aimer par ce monstre d'orgueil, se dit-il en regardant Mathilde, et maintenant elle ne peut plus vivre sans moi ». Malgré toute la tendresse qu'elle lui témoigne, Julien reste silencieux et sombre : jamais il n'avait encore paru si adorable aux yeux de Mathilde.

Le jeune homme s'apprête à partir pour rejoindre le régiment de hussards quand Mathilde lui annonce que madame de Rênal a écrit à son père. Elle lui tend la lettre qui le dénonce en ces termes : « Pauvre et avide, cet être hypocrite est prêt à séduire une femme faible et malheureuse pour devenir quelqu'un. Il est de mon devoir de vous prévenir que sous une apparence de désintéressement, son unique but est de s'emparer de la fortune... ». Julien se demande ce qui a pu pousser madame de Rênal à écrire une telle lettre.

Lui qui était arrivé si près du but, va-t-il devoir tout abandonner ? Mathilde donne à Julien la lettre que son père lui a adressée. Chaque mot transperce le jeune homme comme un coup de poignard. Dans sa lettre, le marquis demande à Julien de quitter le pays en échange d'argent.

« Je pouvais tout pardonner à Julien même d'être pauvre, mais pas de vous séduire parce que vous êtes riche. » écrit-il à la fin de la lettre.

— Pauvre marquis, dit Julien, quel père voudrait donner sa fille chérie à un tel homme ? Votre père a raison. Je dois partir sur le champ. Adieu Mathilde !

Julien se précipite à l'extérieur de l'hôtel de La Mole. Mathilde tente de le rattraper mais en vain. Le jeune homme prend un fiacre pour Verrières où il arrive un dimanche matin. Il se rend immédiatement chez l'armurier[1] pour acheter une paire de pistolet. Il entend les trois coups de la cloche[2] de l'église qui annoncent le début de la messe. Julien entre dans l'église et aperçoit madame de Rênal prier avec ferveur. Il s'approche d'elle le pistolet à la main. La vue de cette femme qui l'avait tant aimé lui fait d'abord trembler le bras. « Non, je ne peux pas, se dit-il. Je n'y arriverai jamais. »

Madame de Rênal baisse la tête. Pendant un instant, Julien ne la reconnaît plus. Alors il tire un coup dans sa direction et la manque, puis tire un second, et cette fois, elle tombe à terre.

Julien ne tente même pas de s'échapper lorsqu'il est arrêté. Il est aussitôt emmené en prison. « Tout est fini, pense-t-il, d'abord mon procès puis la guillotine... »

Madame de Rênal n'est que légèrement blessée et se remet en quelques jours. En prison, Julien reçoit la visite de son ami Fouqué, éperdu et prêt à tout pour le sauver et l'aider à s'évader.

— Je peux tout vendre Julien et avec l'argent, je vous fais sortir de prison d'une manière ou d'une autre.

1. **Un armurier** : fabriquant d'armes à feu.
2. **Une cloche** : instrument creux situé dans un clocher pour appeler les paroissiens.

CHAPITRE **9**

— Cher Fouqué, je vous remercie pour votre marque d'amitié mais je suis coupable, et il n'est pas question pour moi d'échapper à ma destinée.

Julien pense qu'aucun des hommes riches qu'il a connus chez le marquis ne serait capable d'un tel acte pour sauver un ami.

Mathilde va lui rendre visite en prison. Elle est plus ambitieuse que jamais : elle veut sauver Julien pour apparaître l'héroïne qu'elle a toujours rêvée d'être.

« C'est étonnant comme la passion de Mathilde me laisse insensible, pense Julien, moi qui l'adorais il y a deux mois ! J'ai lu que l'approche de la mort désintéresse de tout. »

En fait, Julien se rend compte que l'ambition est désormais morte dans son cœur.

Il a su par Fouqué que Louise avait écrit la lettre fatidique sous l'influence de son confesseur, décidé à faire payer l'adultère aux deux amants. Ainsi une autre passion renaît[3] plus forte que jamais : celle que Julien éprouve pour madame de Rênal à cause du remords d'avoir voulu l'assassiner. Il se sent éperdument amoureux et repense aux journées heureuses qu'il a vécues avec elle.

Le jour du procès arrive. Des heures durant, on écoute les témoignages, les plaidoiries[4] des avocats et enfin, à minuit, Julien décide de prendre la parole.

— Messieurs les jurés, je ne vous demande aucune grâce car je suis coupable d'un crime avec préméditation[5] : j'ai tenté de tuer madame de Rênal qui a été comme une mère pour moi. J'ai donc mérité la mort. Mais je sais qu'on me juge pour un autre crime :

3. **Renaître** : naître de nouveau.
4. **Une plaidoirie** : quand l'avocat présente sa défense lors d'un procès.
5. **Avec préméditation** : préparé.

vous voulez punir et découragez pour toujours ces jeunes gens qui, nés dans une classe inférieure, tentent de s'élever à celle des bourgeois. Voilà mon crime, il sera puni sévèrement car les jurés[6] présents dans ce tribunal ne font pas partie de ma classe et je ne vois assis sur les bancs que des bourgeois indignés...

Julien émeut le public mais sa condamnation est irrévocable : il est condamné à la guillotine.

Quelques jours avant sa mort, madame de Rênal vient le trouver en prison pour lui dire adieu. Ils se pardonnent et s'aiment pour la dernière fois : « Si vous n'étiez pas venue me voir dans cette prison, je serai mort sans connaître le bonheur », dit Julien à Louise.

Julien est guillotiné.

Dans un dernier geste héroïque, Mathilde s'empare de la tête de son amant et la baise au front. Puis Fouqué, avec l'aide de Mathilde, fait ensevelir[7] le corps de Julien au lieu désiré par lui : « Je veux reposer dans la grotte qui domine Verrières » avait-il demandé à son ami la veille de sa mort.

Une légende dit que Mathilde a enseveli elle-même la tête de son amant.

Trois jours après Julien, Madame de Rênal meurt en embrassant ses enfants.

6. **Un juré** : un membre du jury.
7. **Ensevelir** : enterrer, couvrir de terre.

Compréhension écrite et orale

13 **1 Écoutez et lisez le chapitre, puis indiquez le résumé correct.**

1 ☐ Julien écrit une lettre au marquis pour lui avouer son amour pour Mathilde. Le marquis n'est pas favorable à cet amour en raison de l'origine sociale de Julien mais il lui donne une rente et un nom. Au moment où Julien atteint son but, le marquis reçoit une lettre de madame de Rênal dénonçant l'avidité et l'hypocrisie du jeune homme. Le père de Mathilde demande alors à Julien de quitter le pays. Désespéré, Julien se rend à Verrières et tente d'assassiner madame de Rênal. Il est aussitôt arrêté et mis en prison. Le jour du procès, Julien annonce aux jurés qu'il est surtout jugé pour avoir essayé de franchir l'échelle sociale. Il est condamné à la guillotine.

2 ☐ Julien écrit une lettre au marquis pour lui avouer son amour pour Mathilde. Le marquis n'est pas favorable à cet amour en raison de l'origine sociale de Julien mais il lui donne une rente et un nom. Au moment où Julien atteint le sommet de son ambition, le marquis reçoit une lettre dénonçant son avidité et son hypocrisie. Le père de Mathilde demande alors à Julien de quitter le pays. Désespéré, Julien se rend à Verrières et tente d'assassiner madame de Rênal. Il est aussitôt arrêté et mis en prison. Le jour du procès, Julien annonce aux jurés qu'il est surtout jugé pour avoir essayé de franchir l'échelle sociale. Il est acquitté.

3 ☐ Julien écrit une lettre au marquis pour lui avouer son amour pour Mathilde. Le marquis n'est pas favorable à cet amour en raison de l'origine sociale de Julien mais il lui donne une rente et un nom. Au moment où Julien atteint son but, le marquis reçoit une lettre de madame de Rênal dénonçant son avidité et son hypocrisie. Le père de Mathilde demande alors à Julien de s'enfuir. Désespéré, Julien se rend à Verrières et tente d'assassiner madame de Rênal. Il est aussitôt arrêté et mis en prison. Le jour du procès, Julien annonce aux jurés qu'il est surtout jugé pour avoir essayé de franchir l'échelle sociale. Il est condamné à vingt ans de prison.

13 **2** **Choisissez la ou les bonne(s) réponse(s).**

1 Julien et Mathilde veulent tout avouer au marquis.
- **a** ☐ C'est Mathilde qui parle à son père.
- **b** ☐ C'est Julien qui écrit une lettre au marquis.

2 Le marquis est désespéré parce que Julien
- **a** ☐ n'est pas de la même origine sociale que sa fille.
- **b** ☐ n'a pas de fortune ni de nom.

3 Lorsque Mathilde annonce à Julien l'offre que lui fait le marquis, celui-ci
- **a** ☐ est fou de joie.
- **b** ☐ voit l'ambition de toute sa vie se réaliser.

4 Lorsque Julien s'apprête à partir pour le régiment, Mathilde lui donne d'abord la lettre de
- **a** ☐ son père, puis celle de madame de Rênal.
- **b** ☐ madame de Rênal, puis celle de son père.

5 Julien se précipite à Verrières pour
- **a** ☐ assassiner madame de Rênal.
- **b** ☐ demander des explications à madame de Rênal.

6 En prison, Julien reçoit la visite de
- **a** ☐ Mathilde, madame de Rênal et Fouqué.
- **b** ☐ Fouqué et Mathilde.

3 DELF **Répondez aux questions.**

1 Est-ce que le marquis croit en l'amour de Julien ? Pourquoi ?
2 Selon la lettre de madame de Rênal quel est l'unique but de Julien ?
3 Qu'est-ce que le marquis ne pardonne pas à Julien ?
4 Au début, Julien ne réussit pas à tirer sur madame de Rênal, puis finalement il y parvient, pourquoi ?
5 Que propose Fouqué à Julien quand il lui rend visite en prison ?
6 Que pense Julien de cette marque d'amitié ?
7 Pourquoi Louise a-t-elle écrit cette lettre ?
8 Quel est le dernier acte héroïque de Mathilde ?

14 **4 Le procès de Julien. Écoutez l'enregistrement, puis indiquez les mots que vous entendez.**

1 ☐ cri d'indignation
2 ☐ défi
3 ☐ bouc émissaire
4 ☐ échelle sociale
5 ☐ classes émergentes
6 ☐ ascension sociale
7 ☐ anti-héros
8 ☐ masque de la vérité

Enrichissez votre **vocabulaire**

5 Trouvez dans la grille les mots correspondant aux définitions.

1 Il peut être de « poignard », « de pistolet », « de main » ou « de pied » !
2 Il peut servir de monnaie d'échange.
3 On peut l'être par le bonheur ou par une émotion violente.
4 On peut la subir à la fin d'un procès.
5 Lorsque le soleil est à son zénith.
6 Le contraire de « détestable ».
7 Elle peut être « basse » ou « haute » quand on parle.

C	O	U	P	Î	Ç	L	A	M	O	Z	A
O	N	Û	E	H	E	A	E	I	R	Y	D
N	H	Y	T	H	T	R	A	D	Ç	Â	O
D	C	T	G	S	D	G	G	I	S	H	R
A	Û	É	H	Z	W	E	Ï	Ë	Ê	A	A
M	A	P	Î	Ë	H	N	G	D	Ï	K	B
N	Ë	E	S	B	V	T	G	O	À	S	L
A	S	R	Û	J	O	G	P	Y	Ê	À	E
T	A	D	E	È	I	O	Ï	X	O	L	Û
I	Î	U	À	Ô	X	Ï	R	M	E	S	Â
O	E	D	À	B	Z	Ô	Ù	B	X	É	E
N	É	B	Q	L	Y	T	L	C	E	É	I

Production écrite et orale

6 Quelqu'un vous a fait du mal inconsciemment ou consciemment. Quelle a été votre réaction ? Avez-vous eu envie de vous venger ? Racontez.

COIN CULTURE

L'invention du docteur Guillotin

Le 28 novembre 1789, le docteur Joseph Guillotin présente aux députés de l'Assemblée Constituante une nouvelle machine servant à exécuter les condamnés à mort. L'engin, mis au point en collaboration avec le chirurgien Antoine Louis, est selon ses inventeurs le moyen « le plus sûr, le plus rapide et le moins barbare » de donner la mort. Il est d'abord appelé « Louison » ou « Louisette », mais très vite les parlementaires et les journalistes lui donnent le nom de « guillotine » par rapport au nom de son créateur. Le peuple quant à lui surnommera la machine : « la veuve ».

La première exécution a lieu le 25 avril 1792 et concerne un bandit de grand chemin. La guillotine fonctionnera jusqu'en 1977.

7 DELF **Lisez l'article, puis indiquez la bonne réponse.**

1 Guillotin est un
  a ☐ médecin. b ☐ député.

2 Il a inventé une nouvelle machine pour
  a ☐ exécuter les condamnés à mort.
  b ☐ torturer les condamnés à mort.

3 L'engin a été mis au point en collaboration avec un
  a ☐ parlementaire. b ☐ chirurgien.

4 Le peuple surnommera la machine :
  a ☐ « Louison ». b ☐ « la veuve ».

5 La première exécution a lieu en
  a ☐ 1789. b ☐ 1792.

1 **Remettez les dessins dans l'ordre chronologique de l'histoire et écrivez la légende de chaque illustration.**

2 **Complétez les portraits des personnages.**

1 Julien Sorel

Description physique :

....

Description du caractère :

....

2 Monsieur de Rênal

Description physique :

....

Description du caractère :

....

3 Louise de Rênal

Description physique :

....

Description du caractère :

....

4 Le marquis de La Mole

Description physique :

....

Description du caractère :

....

5 Mathilde de La Mole

Description physique :

....

Description du caractère :

....